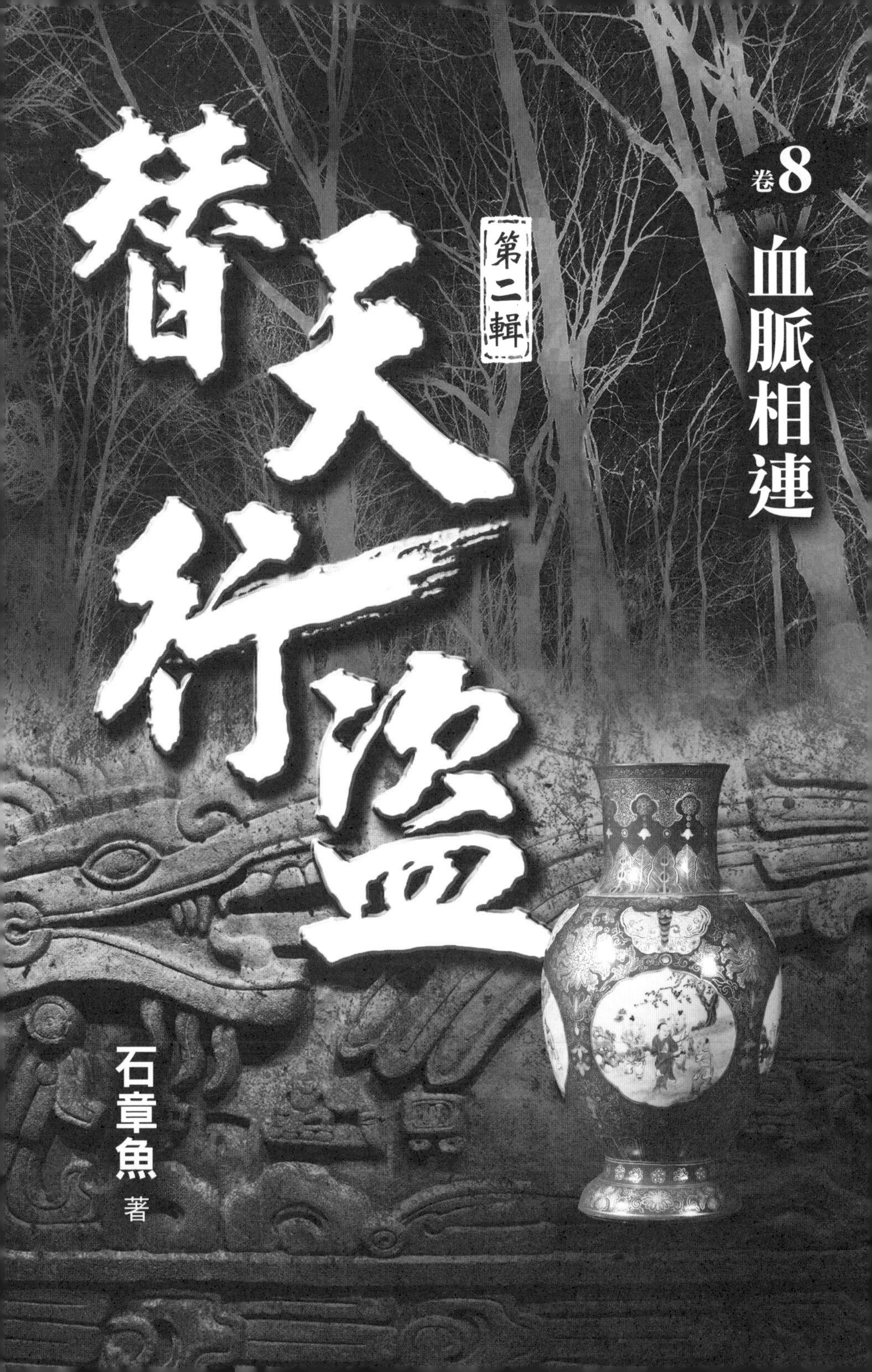
蒼天行盜
第二輯
卷8
血脈相連
石章魚 著

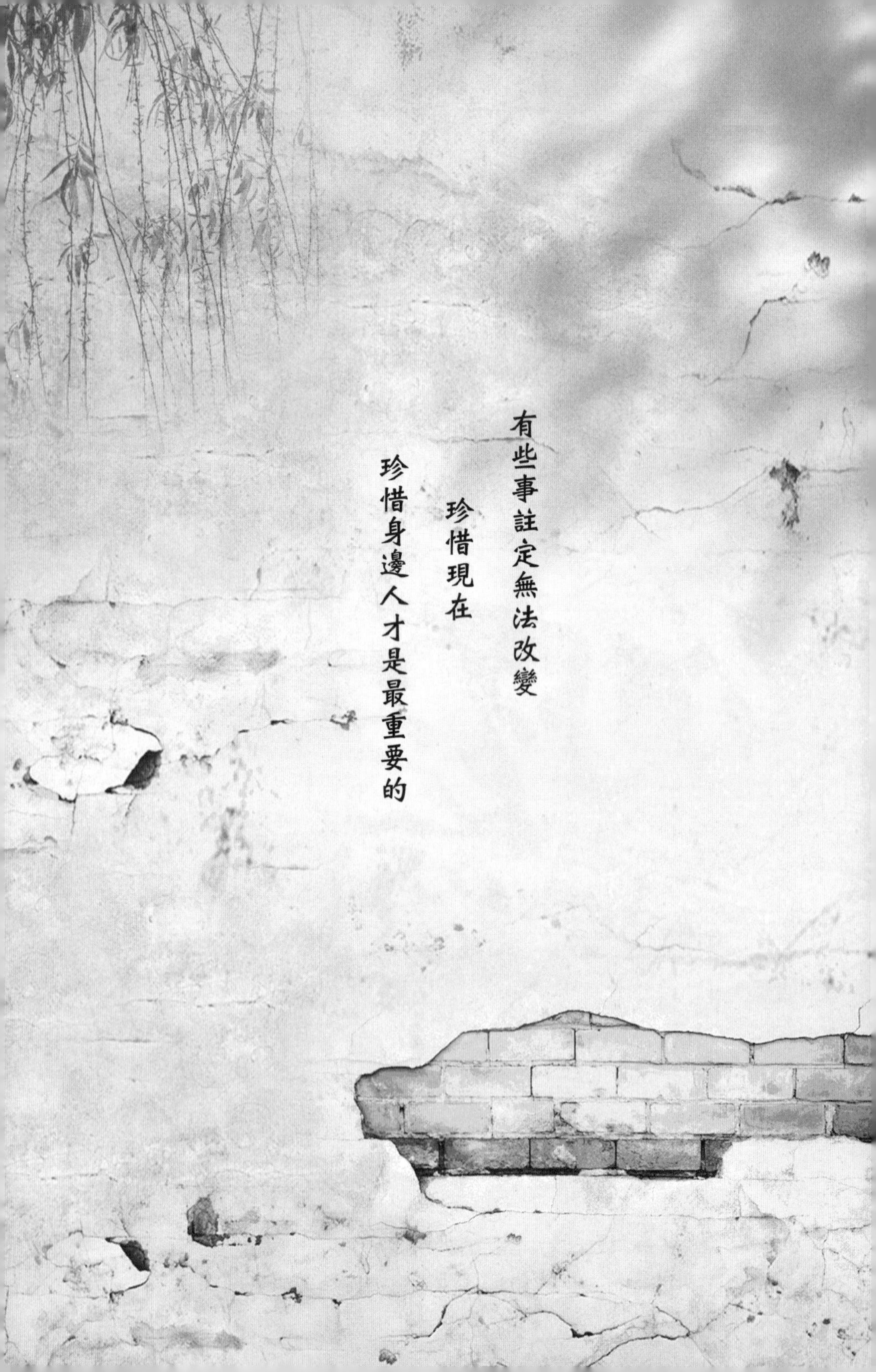

有些事註定無法改變

珍惜現在

珍惜身邊人才是最重要的

目錄

CONTENTS

第一章

喘息之機

醫生為程玉菲處理過傷口，本以為她會休息，
可程玉菲卻已經投入到工作中，
沒有人比她自己更清楚發生了什麼，
雖然她暫時獲得了保釋，可這並不代表這場噩運過去，
她只是暫時獲得了喘息之機，她要趁著這個機會把這件案子搞清楚。

王金民看到她那麼久沒有說話，忍不住又問道：「你回答我！是不是無話可說了？」

程玉菲道：「照片說明不了什麼，這個世界上有很多人都長得很像，而且還有人擅長化妝易容，這個人絕不是我，我以自己的人格擔保。」

王金民呵呵冷笑了起來：「人格？一個殺人犯還有什麼人格？」他把照片收了回去，放在桌上，然後掏出一盒煙，點燃了一支，抽了口煙道：「程玉菲，我一直對你還算客氣，可現在證據確鑿，由不得你抵賴，你還是老老實實承認殺害劉探長的事情，我也好向上頭交差。」

程玉菲道：「單憑著幾張照片，你就把我定性為殺人兇手，不覺得太過敷衍了？把我定罪，真正的兇手就會逍遙法外，劉探長的命案永遠都不會查清，讓他怎能瞑目。」

王金民道：「你要的證據我全都給你了，其實你招不招供已經不重要，這些證據足夠把你定罪，程玉菲！如果你還不承認，就別怪我不客氣。」

程玉菲道：「我根本不知道劉探長現在的家庭住址，那把手槍是他送給我的，可是我並沒有把手槍隨身攜帶，而且我的槍裡沒有子彈。」

王金民怒道：「狡辯！看來不給你點苦頭你是不會說實話了！來人！」

王金民讓手下將程玉菲帶下去用刑的時候，麻雀來了，王金民本來沒打算見她，可臨時又改了主意，他決定見見麻雀。

麻雀也不是一個人過來的，瞎子陪同她一起，如今的黃浦他們實在是找不到其他的朋友幫忙，也只有他們才會在這種時候仍然不肯放棄營救程玉菲，就連程玉菲的助手李焱東也認為這件案子沒有反轉的機會。

王金民道：「麻小姐，秦律師沒有轉告你案件的詳情嗎？連秦律師都已經不打算為她辯護了，你可真夠朋友。」

麻雀道：「王探長，事發當天下午我和程玉菲始終在一起，我們根本就沒有分開過，我一直看著她，她沒出過房門，怎麼可能殺人？」

王金民道：「根據程玉菲的口供，事發當天的下午你們兩人在一起喝酒，喝了一罈黃酒，你們喝多了，然後先後睡了過去。」

麻雀糾正道：「是她喝多了，不是我，我一直都清醒著，我在一旁守著她，沒有人比我更清楚當時的情況。」

王金民威脅道：「麻小姐，你雖然也是知名人士，慈善家，可我必須要提醒你，如果在這件事上做了偽證，你一樣會被追究法律責任。」

麻雀道：「我為什麼要撒謊？」

王金民道：「因為你和程玉菲是好朋友，你想幫她，所以你放棄了原則，不惜冒著觸犯法律的危險。」

麻雀還想分辯，一旁瞎子道：「王探長，其實這種事你們也沒有足夠的證據對不對？」

王金民道：「沒有證據我們不會胡亂抓人。」

麻雀道：「證據嗎？」她轉過身去，當她再度轉回來的時候，已經變成了一個膚色黧黑濃眉大眼的漢子。

王金民不由得一怔，他意識到眼前人就是麻雀，只是她的樣子怎麼在這麼短的時間內改變了？

麻雀道：「如果你在大街上遇到我，你會不會一眼認出我？」

王金民沒有回答。

麻雀道：「這叫易容術，我現在所使用的只是最簡單的一種，精妙的易容術可以維妙維肖地模仿另外一個人，除非是對這個人極其熟悉的人，根本看不出其中的破綻。」

王金民道：「麻小姐的易容術很厲害，可這說明不了什麼。」

瞎子道：「王探長，您不能否認有其他人冒充程玉菲的可能，您想想，如果是程玉菲殺人，她為什麼不喬裝打扮一下？為什麼在殺人之後要把手槍留在現場，這些您所認為的證據是不是有些刻意？」

王金民道：「懂得易容的是麻小姐，不是程玉菲。」

麻雀道：「王探長，程玉菲過去是黃浦最有名的女神探，她幫助你們破了多少大案要案，法律在她心中是神聖的，她怎麼可能去主動觸犯法律？更何況她一直都將劉探長當成她的親人和朋友。」

王金民道：「兩位的心情我很理解，可是我們目前的證據已經很充分了，程玉菲很快就會承認，你們如果真的是她的朋友，現在需要做的就是為她請一個好律師。」

麻雀道：「我想保釋她。」

王金民搖了搖頭道：「沒有任何可能！」

麻雀道：「我可以為她擔保，並為此付出一大筆擔保金。」

王金民道：「她殺的是華總探長。」

麻雀還想說什麼，王金民已經讓人送客。

巡捕毫不客氣地將他們兩人請出了巡捕房，麻雀在門前氣得直跺腳，瞎子勸她道：「事到如今，你生氣也沒用，我已經讓人去東山島送信，看看張長弓能不能回來幫忙。」

麻雀道：「來不及了，一去一回最少也要十天，他就算能來又有什麼辦法？」

瞎子道：「福伯那邊怎麼說？」

麻雀歎了口氣道：「他臥病在床，人也癡癡呆呆的，聽照料他的人說，可能也沒幾天好活了。」

瞎子道：「只可惜咱們不認識領事，不然可能還有些辦法。」他撓了撓頭，忽然想到了一個人，低聲道：「唐寶兒！」

麻雀聽到唐寶兒的名字也如夢初醒，驚喜道：「我怎麼把她給忘了。」

唐寶兒的父親曾經擔任過總理一職，雖然現在早已離開了政壇，可是他在政壇中還有不少的人脈關係。他們和唐寶兒也算是老相識了，不過他們和唐寶兒之間聯繫的紐帶是葉青虹，自從羅獵失蹤，葉青虹也疏於和眾人之間的來往，所以和唐寶兒也變得疏遠。其實何止是唐寶兒，就連英子和董治軍他們也很少聯絡。

如果不是這次程玉菲無辜被抓，他們也不會想起去找唐寶兒尋求幫助。

兩人商量了一下，決定還是一起去找唐寶兒。唐寶兒的丈夫是個成功的商人，目前生意的重點都轉移到了香江，唐寶兒一直都在香江和黃浦之間往來，這段時間，她帶著一雙女兒住在黃浦，婚後的唐寶兒突然就轉了性子，開始安於現狀相夫教子。

聽聞故友來訪，唐寶兒也非常高興，將兩人請進了自己的豪宅，笑道：「真想不到你們會來看我，我每天被兩個孩子纏得昏天黑地，都說女人婚後就沒了朋友，我現在算是明白了。」

麻雀道：「我找過你，可你去了香江。」

唐寶兒道：「我家先生生意都在那邊，所以我每年多半時間都在那個地方，最近要不是我爹身體不好，我也不會回來。」她有些不好意思地笑了笑道：「這幾年疏忽了和大家的來往，是我的不是。」

瞎子道：「我也是剛剛回到黃浦。」

唐寶兒道：「好不容易才聚在一起，今晚我來做東。」

麻雀道：「唐小姐，實不相瞞，今天我們是無事不登三寶殿。」

唐寶兒比起過去明顯沉穩了許多，從兩人進門起，她就已經猜到了他們肯定有事前來，微笑點了點頭道：「不急，福嫂，給客人沏茶。」

三人落座之後，麻雀將程玉菲的事情說了一遍，唐寶兒住在公共租界區，劉探長的事情發生在法租界，雖然事情鬧得很大，可唐寶兒現在的主要精力都放在一對女兒的身上，可謂是雙耳不聞窗外事，她對此事居然一無所知，聽完麻雀的講述，滿臉都是錯愕：「什麼？你說程玉菲殺了劉探長？」

瞎子道：「不是程玉菲殺了劉探長，是有人誣陷程玉菲殺了劉探長。」

麻雀道：「劉探長遇害的時候，我和玉菲在一起，她都沒有出門怎麼可能殺人？」

唐寶兒道：「既然是這樣，你可以為她作證啊？」

麻雀苦笑道：「如果我作證有人相信，我根本就不會過來找你，現在警方說證據確鑿，殺死劉探長的手槍是玉菲的，而且有個記者拍到了當時的照片，照片拍得很清楚，那個殺手長得和玉菲一模一樣。」

唐寶兒現在總算搞清了事情的全部，她皺了皺眉頭道：「一模一樣，這個世界上有很多人長得很像，不能因此就斷定殺手和玉菲是同一個人。」

麻雀道：「可不是嘛。」

瞎子道：「我們是玉菲的朋友，所以我們當然會從她的觀點出發，其他人並不這麼想，那些巡捕只想著儘快交差，他們才不管事情的真相是什麼，更不會管玉菲是怎樣的人。」

唐寶兒道：「這件事有些奇怪，如果殺手不是玉菲，為什麼要裝扮成她的樣子，為什麼要拿著她的手槍去作案？」

麻雀道：「陷害，一定是故意陷害。」

唐寶兒又拋出了第二個問題：「為什麼要陷害？誰在背後陷害玉菲？」

麻雀沒有回答，因為她也不知道答案。瞎子道：「我覺得是玉菲和劉探長的共同仇人，事發之前我們見過劉探長，劉探長還告訴玉菲一個消息，白雲飛越獄了，我總覺得這件事和白雲飛有關。」

唐寶兒道：「白雲飛？他還沒有死？」

麻雀認為這都是瞎子在臆想，而且現在的關鍵並不在於找出幕後的主謀，程玉菲還在羈押之中，警方不允許保釋，其實他們加起來也不如程玉菲偵查破案的本事，麻雀道：「我們來找你，就是想看看你有沒有辦法將玉菲先保出來。」

唐寶兒道：「警方不允許保釋嗎？」

麻雀道：「不允許，目前這種狀況，可能需要法國領事開口才行，錢沒有問題，我也願意為玉菲擔保，可是在他們的眼中我不夠分量。」

唐寶兒道：「我和蒙佩羅雖然見過幾面，可跟他也談不上什麼交情，如果青虹在應該沒什麼問題，她說好了要回來過年的，不知有沒有出發。」

麻雀和瞎子聽說葉青虹今年要回來，心中都是一喜，可想到遠水解不了近渴，除非葉青虹現在抵達，否則一切都來不及了。

唐寶兒也不是推脫之人，雖然婚後性子變了許多，可是昔日的俠肝義膽並沒有改變，她果斷道：「事到如今只能找我爸幫忙了，希望蒙佩羅能夠給他幾分面子。」

唐寶兒說服父親出面之後，終於起到了作用，法國領事蒙佩羅還是給了唐先生一個面子，同意在麻雀繳納了高昂的保釋金五萬大洋之後，同意程玉菲暫時獲得保釋。

程玉菲離開巡捕房的時候遍體鱗傷，她在獄中遭到了嚴刑逼供，麻雀看到好友受到如此折磨，怒火填膺，憤然道：「我去找那個王八蛋算帳！」

程玉菲制止了她，輕聲道：「別衝動，我這不是活著出來了？皮肉之傷，休息幾天就好。」

醫生為程玉菲處理過傷口，本以為她會休息，可程玉菲卻已投入到工作中，沒有人比她自己更清楚發生了什麼，雖然她暫時獲得了保釋，可這並不代表這場噩運過去，她只是暫時獲得了喘息之機，她要趁著這個機會把這件案子搞清楚。

處於保釋期的程玉菲在醫院內被嚴格看守起來，她並沒有獲准隨意外出，所以程玉菲的案情調查只能求助於這些朋友，還有她過去的助手。

在查案方面李焱東是目前最為專業的一個，瞎子和他一起來到劉探長遇害的現場，現場已經取證完畢，警方的警戒線也已經撤離，劉探長是在距離他家門口不到二十米的地方遭遇射殺。

李焱東此前就來過這裡瞭解情況，所以能夠基本還原當時的情景，劉探長在處理爆炸案之後回家，當時巡捕將他送到了外面的大路，因為通往劉家的巷子過窄，汽車是進不來的，通常劉探長會步行回家，走到這裡，是個十字交叉的路口，根據警方的說法，當時程玉菲迎面走了過來，劉探長因為是熟人所以並沒有提起任何的警惕，沒想到程玉菲突然舉起了槍對他進行射擊。

瞎子和李焱東站在十字路口，現場已經被清理得非常乾淨，青石板路面也被洗刷了許多遍，已經看不到任何的血跡，瞎子問道：「記者當時在什麼地方？」

李焱東指了指右邊的巷口，瞎子走了進去，沒走多遠就走到了盡頭，這條小巷原來是一條死巷。

瞎子道：「記者為什麼挑選這裡藏身？當時只有他？有沒有其他人跟他在一起？」

李焱東道：「只有他一個。」

瞎子道：「你不覺得奇怪，他為什麼要找一條死巷藏身？如果被殺手發現，豈不是連逃都沒辦法逃？」

李焱東道：「記者在這裡是想採訪劉探長的，可沒等他採訪，就發生了槍擊案。」

瞎子由始至終都是一個陰謀論者，他堅持認為這是一起陰謀，甚至認為記者都是預先埋伏在這裡的。

李焱東的職業習慣讓他更看重事實證據。

瞎子道：「記者是誰？我們可以去找他問個清楚。」

李焱東道：「警方保密，說是為了他的人身安全著想。」

瞎子呵呵冷笑道：「扯淡，這裡面肯定有鬼。」

這時候有人帶著花圈過來弔唁，瞎子靈機一動，他也去附近的花圈店買了花圈，然後去了劉家，本來他想讓李焱東一起，可李焱東跟劉探長沒少打交道，劉夫人也認識他，知道他是程玉菲的助手，現在過去總覺得尷尬，猶豫了一下還是讓瞎子自己過去。

李焱東認為登門也沒有任何的幫助，瞎子壓根就不懂得探案，就像個沒頭蒼蠅一樣到處亂撞。

瞎子帶著花圈來到了劉家，劉探長有三名子女，瞎子裝模作樣地拜祭之後，又來到劉夫人的身邊安慰，這兩天來的人很多，劉夫人雖然不認得瞎子，可也當他是丈夫的生前好友，連連道謝。

瞎子道：「嫂子，您可要保重身體。」

劉夫人道：「謝謝，讓您費心了，您是……」

瞎子信口開河道：「我在租界做生意，過去劉探長經常關照我，是我的恩人，嫂子以後有什麼難處只管找我，我一定會盡力而為。」

劉夫人紅著眼圈道：「難為你們還記得他。」

瞎子道：「劉探長為人那麼好，怎麼可能忘呢，對了，嫂子，您也不要傷心，真凶已經被抓住了，我們都沒想到啊，居然是程玉菲恩將仇報。」

劉夫人道：「她不可能做這種事的……」說完之後她又覺得失言，向瞎子點了點頭，轉身回去了。

瞎子心中暗忖，看來劉夫人也不相信程玉菲殺了她的丈夫，此時看到王金民和一群巡捕過來，瞎子擔心被他認出，將帽子戴上，又戴上墨鏡走入人群中。

王金民之後又有人來，讓瞎子意想不到的是，前來拜祭的人中竟然有幾張熟悉的面孔，其中一人是陳昊東，這廝曾經和羅獵爭奪盜門門主的位子，後來被抓，算起來入獄也有三年，想不到居然已經獲釋，在他身邊還有幾個盜門的老人，瞎子認識的就有昔日黃浦分舵的舵主梁再軍，只是這群人早已被逐出門戶，現在黃浦分舵的舵主是常柴。

瞎子感覺有些不妙，陳昊東拜祭之後，安慰了劉探長的家人，然後徑直向王金民走了過去，兩人看樣子頗為熟識，相談甚歡。

瞎子不敢久留，生怕被這群人給認出來招惹不必要的麻煩，他悄悄離開了劉家，發現李焱東並沒有在約定的地點等自己，忍不住罵道：「一點誠信都沒有。」

瞎子周圍看了看，還是沒有看到李焱東的身影，只能獨自一人返回了醫院。

麻雀還在醫院陪著程玉菲，程玉菲的精神明顯好了許多，只是目前被警方的人密切監控，無法離開病房半步，看到瞎子一個人回來，程玉菲忍不住道：「怎麼？李焱東沒有和你一起回來？」

瞎子道：「都不知道去了什麼地方，說好的等我。」他把今天去劉家的事情說了一遍。

麻雀聽聞陳昊東已經出獄，內心不由得一沉，陳昊東當年造成的麻煩仍然讓她心存陰影，記得最後他被判五年監禁，陳昊東為人狂妄，但是因為出身的緣故，在盜門中還是有不少的忠實擁護者，現在盜門雖然平靜，可自從羅獵失蹤之後就處於群龍無首的狀態。

陳昊東入獄之後曾經向福伯保證過，以後他不會在黃浦現身，可現在他明顯違背了當初的諾言。

麻雀對陳昊東還是非常瞭解的，不過那是當年的陳昊東，不知現在此人會不會轉了性子？

瞎子道：「江山易改稟性難移，我看這貨是來者不善善者不來！」

程玉菲道：「陳昊東和劉探長沒什麼交情。」非但沒什麼交情，而且陳昊東的入獄還和劉探長有關，以他的胸襟做不出來以德報怨的事情。

瞎子道：「我在劉家發現他和那個姓王的探長相談甚歡，兩人好像很熟悉的樣子，一定有勾結。」

程玉菲道：「單從這一點也不能斷定他們就有勾結。」

瞎子道：「反正我覺得這是個大大的陰謀，陷害你的人有很多，這些人很可能都有份參與。」

程玉菲笑了起來：「沒證據的事情還是不要亂說，對了，有沒有查到那個拍到照片的記者是誰？」

瞎子搖了搖頭道：「警方不肯說出他的名字，只說是出於保護證人的需要，我看根本就是扯淡。」

麻雀建議道：「不如去找唐寶兒讓她再想想辦法。」

程玉菲搖了搖頭道：「不要再麻煩人家了，這次唐先生出面已經是頂著很大的壓力，他的身分不同，如果過多地過問我的事情，可能會被有心人利用，給唐家帶去不必要的麻煩。」她考慮得非常周到，一來的確是這樣，二來她和唐寶兒也沒有那麼深的交情，這次能夠獲得保釋已經是欠了人家一個很大的人情了。

瞎子道：「聽她說，葉青虹年前肯定會回來的，咱們現在儘量拖一拖，等葉青虹回來，以她和領事的關係，或許這件事會有轉機。」

程玉菲道：「希望如此。」其實她心中非常明白，即便是現在已經被保釋，警方也不會給她太多的機會，就算葉青虹能夠及時回到黃浦並提供幫助，在缺乏有力證據的前提下，自己仍然無法脫罪。

麻雀安慰她道：「玉菲，你不用擔心，我們一定想辦法將你救出去。」

程玉菲溫婉笑道：「我沒擔心，你們都是我最好的朋友，我已經欠你們太多了。」

瞎子道：「是自己人就別說這種話，怪我沒本事，如果羅獵……」他本想說如果羅獵在就好了，可話到唇邊就意識到不該說這種話。

其實程玉菲和麻雀心中都這麼想，他們目前陷入了困境，其實在此之前，曾經遭遇過比這更麻煩的狀況，羅獵一樣帶領大家化險為夷，扭轉乾坤。

麻雀道：「你已經做得不錯了。」

瞎子笑了笑。

程玉菲道：「你們回去吧，在這兒待久了，警方肯定會重點關注你們。」

麻雀道：「事到如今，想不引起他們的關注都難。」

他們都笑了起來。

瞎子和麻雀離開病房看到外面負責警戒的便衣巡捕，麻雀狠狠瞪了他們一眼，來到樓下，向瞎子道：「我送你？」

瞎子搖了搖頭道：「算了，我還是自己走，順便去打聽打聽消息。」

麻雀點了點頭道：「也好！」

兩人道別之後，瞎子去了過去算命行騙的地方，幾年沒來，這裡仍然沒有任何的改變，瞎子一邊閒逛一邊打聽，劉探長遇刺的事情並沒有引起太大的轟動，世道艱難，黃浦這片地方幾乎每天都有人被殺，無非這次死的是一個探長。

瞎子轉悠了半天也沒打聽到一丁點有用的消息，準備離開的時候，一輛車攔住了他的去路。從車上下來了幾名巡捕，瞎子頓時覺得不妙，轉身就往人群中跑。

幾名巡捕馬上吹響了警笛，快步向瞎子追趕了過去。

瞎子雖然身材臃腫，可是逃起來卻異常的靈活，他從小混跡於市井之中，對危險有著極其敏感的嗅覺，第一眼看到警車就知道是衝著自己來的。

現場亂成一團，瞎子進入一條小巷，身後巡捕窮追不捨，瞎子抄起地上的一隻雞籠扔了過去，裡面的幾隻雞飛了出來，撲撲楞楞撲向巡捕。

瞎子利用對地形的熟悉很快就擺脫了幾名巡捕的追擊，從無人小院的門縫中看到幾名巡捕從門前經過，瞎子長舒了一口氣，這會兒方才回過神來，自己為什麼要跑？自己又沒犯罪？可沒犯罪這些巡捕追自己幹什麼？

瞎子越想越是納悶，他不敢現在離去，在這座院子裡一直躲到天黑。

找瞎子的人不止是巡捕，瞎子還不知道李焱東死了，就死在劉家附近，巡捕之所以去抓瞎子，是因為有人看到李焱東死前曾經和瞎子在一起。麻雀在得知這一消息之後馬上就去聯絡瞎子，她來到瞎子暫住的旅社，看到現場已經被巡捕包圍，讓她慶幸的是目前警方並沒有抓到瞎子。

麻雀已經斷定這是一起陰謀了，劉探長、程玉菲、李焱東、瞎子，一個接著一個地落入圈套，下一個會不會是自己？瞎子的陰謀論並不是沒有道理的。麻雀希望瞎子已經察覺到不對，千萬不要回來，萬一落入警方的手裡恐怕就麻煩了。麻雀思來想去，她先給唐寶兒打了個電話，提醒唐寶兒要小心，畢竟是自己把唐寶兒牽涉到了這件事中來，她擔心唐寶兒也會遭遇麻煩，雖然這種可能性很小，畢竟唐寶兒的家世擺在那裡。

麻雀憂心忡忡回到家中的時候，看到一輛車停在那裡，陳昊東穿著黑色大衣，帶著黑色禮帽就站在車前。

自從聽瞎子說過陳昊東已經出獄並回到黃浦的消息，麻雀就知道早晚都會碰面，只是沒想到這次的碰面會那麼早。

麻雀停好了車，然後走了過去，陳昊東站直了身子，禮貌地摸了摸帽沿，向她招呼道：「你好，多年不見，你還是那麼漂亮。」

麻雀打量著眼前的陳昊東，比起當年他明顯蒼老了許多，兩鬢斑白，眼角也多了皺紋，看來在獄中也遭受了不少的折磨。麻雀道：「陳昊東！我還以為你永遠不會出現在黃浦了。」

陳昊東微笑道：「看來我並不受你的歡迎。」

麻雀道：「你何時開始在意別人的感受了？」

陳昊東的目光朝麻雀的房門看了看道：「可以邀請老朋友進去喝杯咖啡嗎？」

麻雀猶豫了一下，還是點了點頭，她隱約覺得最近發生的事情可能和陳昊東有關。

陳昊東進門之後，很紳士地幫助麻雀接過大衣，掛在衣架上，然後自己才摘下禮帽脫下大衣，他的臉上始終帶著謙和的笑，只是這種笑非但沒有讓麻雀感覺到親切，反而覺得此人莫測高深。

麻雀讓傭人送上紅茶，陳昊東接過紅茶笑道：「終究還是不願意請我喝咖啡。」

麻雀道：「我喜歡喝茶。」

陳昊東道：「主隨客便的道理你應該懂得。」

麻雀道：「我可沒邀請你過來。」

陳昊東哈哈笑出聲來，他喝了口紅茶道：「這些年我在獄中想得最多的人就是你。」

麻雀道：「想不到你這麼恨我啊？」

陳昊東搖了搖頭道：「不恨，一點都不恨，我從未產生過恨你的想法。」

麻雀道：「還是多想想你自己，人活一世沒多長的時間，好好珍惜。」

陳昊東道：「是啊，我在獄中待了五年，整整五年！我最好的青春年華都在獄中度過，人生又能有幾個五年？」

麻雀道：「後悔了？」

陳昊東道：「我這個人不到黃河心不死，怎麼會輕易後悔？想想當年自己還是太年輕了。」

麻雀道：「這裡是黃浦，我可記得當年有人信誓旦旦地說過，有生之年再也不會回到這裡，怎麼這麼快就忘了？」她看不起一個出爾反爾的男人。

陳昊東道：「我的確答應過，我答應過福伯，我答應過羅獵，在他們有生之年我不會回到黃浦，可現在他們已經不在了。」他緩緩放下了茶杯。

麻雀冷冷望著他，羅獵失蹤三年，可是福伯雖然臥病在床仍然活在這個世界上，內心中忽然有些恐懼，陳昊東這麼說難道意味著……

陳昊東微笑著向麻雀道：「可以給我添一杯茶嗎？」

麻雀示意傭人給他續茶，陳昊東禮貌地說了聲謝謝，他現在的表現風度翩翩，的確像個謙謙君子，如果不是親眼看到，麻雀甚至不相信眼前就是過去那個陳昊東。

麻雀道：「你無所顧忌了？」

陳昊東笑道：「你對我有很大的偏見，我現在就是個商人，普通的商人，我和盜門早已沒有關係，你不用擔心，我回來並非是想要報仇，當年我所遭遇的一切都是我咎由自取，我不怪任何人。」

麻雀對他的話卻一個字都不相信，陳昊東看似謙和，可誰知他的內心擁有著怎樣險惡的想法，只差一步他就能夠成為盜門之主，最後功虧一簣，難道他真的能夠咽下這口氣，聯想起新近發生在朋友們身上的事情，麻雀越來越懷疑陳昊東來此的動機。

麻雀道：「你有沒有聽說最近黃浦發生的事情？」她決定旁敲側擊，希望能夠從陳昊東那裡得到一些有用的消息。

陳昊東道：「聽說了一些，所以我才過來，擔心你有事。」

「我能有什麼事情？」

陳昊東道：「好像最近出事的都是你的朋友，給你一個建議，明哲保身，千萬不要主動介入麻煩之中。」

麻雀道：「不要告訴我這些事和你有關。」

陳昊東道：「在你眼裡我始終都是一個壞人，你愛怎麼想就怎麼想，我無法改變別人對我的想法，可是我能夠改變自己。」他將喝完的茶杯放下，站起身道：「太晚了，不耽誤你休息，謝謝你的紅茶。」

麻雀道：「那我就不送你了。」

陳昊東道：「不用送我，我經常走夜路，已經習慣了。」

麻雀站在窗前望著陳昊東的汽車遠去，內心中蒙上了一層厚重的陰雲，沉甸甸的讓她透不過氣來。

常柴的心情同樣沉重，他剛剛收到消息，久病纏身的福伯已經病逝，福伯在盜門德高望重，常柴又是由他老人家一手提拔而起，他必須要儘快趕往滿洲，參加福伯的葬禮。

他讓人買了當晚的火車票，帶著他的二姨太驅車前往火車站的途中，二姨太一百個不情願，嘴裡叨嘮著：「滿洲？天寒地凍的，非得要過去啊？他是你什麼人啊？」

常柴終於壓不住心頭的怒火，大吼道：「你給我閉嘴，信不信老子這就把你給休了。」

二姨太被他嚇了一跳，此時司機突然踩下了剎車，常柴的身體因慣性向前方衝去，撞在前面座椅的靠背上，好不疼痛，他怒罵道：「怎麼開的車？」幾道強烈的燈光照入了車內，常柴這才感覺到不妙，他慌忙催促司機倒車。

可後方也有兩輛車堵住了他們的去路，常柴掏出手槍，看到一個身影下了車緩步朝這邊走了過來，常柴瞇著眼睛望去。

那人來到汽車旁，伸手敲了敲車窗，示意常柴下車。

常柴不敢下車，舉槍瞄準了外面的男子，可一支槍卻抵住了他的腦袋，司機冷冷道：「把槍交給我，下車！」

二姨太尖叫著撲向司機，被司機反手一記耳光打回到座椅上。

常柴不敢妄動，點了點頭，推開車門走了下去。

出去之後，他看到前後左右都有人用槍瞄準了他，他認出了站在車外的人，常柴顫聲道：「陳昊東？」

陳昊東抽了口煙，然後將煙盒遞給常柴。

常柴猶豫了一下，從中抽出一支煙。

陳昊東又掏出火機幫他點上，輕聲道：「這些年，分舵在你的手上，好像沒什麼起色？」

常柴道：「你答應過的，永遠不會踏足黃浦的土地。」

陳昊東笑道：「人活一世要懂得變通，你這個人有點死心眼，羅獵將這邊交給你真是看走了眼。」

常柴道：「我們盜門自己的事情，不勞你費心。」

陳昊東道：「給你兩個選擇，一是帶著你的小老婆繼續過你的安逸日子，繼續當你的分舵主，二是給那老不死的東西去陪葬，你選哪個？」

常柴怒視陳昊東。

陳昊東壓低聲音道：「在你做出選擇之前，我要告訴你一件事，那老傢伙不是病死的，是我活活給捂死的。」

常柴怒吼道：「王八蛋，我跟你拚了！」他向陳昊東撲了上去，不等他近身，陳昊東一拳就砸在他的面門上，抓住他的手臂，擰轉到身後，一手抓住他的頭髮，將他流血的面孔擠壓在車窗的玻璃上。

汽車內傳來二姨太的尖叫聲。

陳昊東道：「你這些年所擁有的一切都是霸佔我的東西，你還算是有些骨氣，其實無論你怎麼選擇，我都不會讓你活下去。」他使了個眼色，車內司機瞄準二姨太的額頭就是一槍。

常柴眼睜睜看著二姨太被殺，他發出撕心裂肺的哀嚎。

陳昊東道：「她是第一個，你的家人，你的朋友，你的親信手下，我會一個一個清理掉，可惜你看不到了！」他說完抽出一把匕首，面無表情地割開了常柴的咽喉。

常柴捂著流血的咽喉，在地上掙扎著。

陳昊東搖了搖頭，掏出手帕擦了擦手，然後將手帕扔在了常柴的臉上，向手下人道：「燒了！」

第二章

團結一切力量

麻雀想過要團結一切可團結的力量，其中就包括了常柴，
雖然常柴在程玉菲的事情上擺出了事不關己的消極架勢，
可現實卻容不得他逃避，陳昊東來到了黃浦，
且已經放話出來，他要拿回自己曾經失去的一切，
這其中就應該包括盜門。

瞎子摸黑來到了福音小學附近的一座民宅，敲了敲院門，過了一會兒聽到一個男子的聲音道：「誰啊？都這麼晚了？」

瞎子透過門縫看得清楚，來人是董治軍，英子的丈夫。瞎子看了看周圍，確信沒有人跟蹤自己，這才壓低聲音道：「姐夫，是我！」

這麼稱呼董治軍的人並不多，董治軍知道當然不可能是羅獵，從聲音中分辨出是瞎子，董治軍又驚又喜：「瞎子，你什麼時候回來的？」他拉開院門，瞎子向他做了個噤聲的手勢，關門之前又向外面看了看，然後才進去將院門插上。

董治軍畢竟是做過員警的人，從瞎子的舉動已經覺察到了狀況不對，他將瞎子拉到了屋裡。

英子也已經穿好衣服從裡屋出來，本來葉青虹請他們在莊園居住，可兩人都是苦日子過慣了，住在豪宅中總覺得不自在，再加上羅獵失蹤之後，他們總覺著繼續叨擾葉青虹不好，於是自己找房子搬到了這裡，英子平時去福音小學代課，董治軍則一直都在虞浦碼頭負責管理，日子過得倒也湊合，只是兩人最大的遺憾就是現在還沒有兒女，兩人都已經三十多歲了，漸漸也放棄了希望。

英子看到瞎子不由得想起了失蹤的羅獵，多少次午夜夢迴她都會夢到羅獵突然出現在自己的面前，可醒來之後發現只是大夢一場罷了。

瞎子叫了聲姐，姐夫。

英子的眼圈紅了，她轉身道：「瞎子老弟，你坐，我去給你倒茶。」

瞎子也不跟她客氣：「姐，我大半天沒吃東西了，給我弄點吃的。」

英子應了一聲。

董治軍道：「英子，順便弄倆小涼菜，我跟老弟喝幾杯。」

瞎子道：「別麻煩了，我來這裡可不是為了喝酒的。」他拉著董治軍，將最近發生的事情前前後後說了一遍。

董治軍聽他說完，不由得埋怨道：「你這小子，怎麼不早點跟我說？我在巡捕房還是有些關係的。」

瞎子道：「姐夫，您怎麼沒聽明白，什麼關係都沒用，唐寶兒什麼背景？這次是多虧了她爸唐先生出面，才把程玉菲給保釋出來，說是保釋，可人還是被嚴密監控起來。」

董治軍道：「這事兒得好好捋一捋，你說這是個陰謀？」

瞎子道：「大陰謀！您想想啊，先是劉探長被殺，然後事情栽贓到了程小姐的身上，然後李焱東又死了，當時剛好我跟他一起，所以我成了最大的嫌疑人，這兩件事的手法如出一轍，如果不是我及時覺察到情況不對逃走，可能現在已經被當成殺人嫌犯給關起來了。」

此時英子端著菜送了過來，董治軍打開一瓶酒，瞎子道：「不喝了，一腦門子心事。」

董治軍道：「也不差這兩杯。」他讓英子趕緊去下麵，看到瞎子狼吞虎嚥的樣子，的確是被餓慘了。

一盤子滷牛肉下肚，瞎子感覺有了精氣神，他跟董治軍喝了杯酒，接著道：「姐夫，我去劉琛長家弔唁的時候，看到陳昊東了，當年他被抓起來關押了五年，羅獵把他逐出盜門，勒令他有生之年不得踏上黃浦的土地，這孫子現在回來肯定是圖謀報復，我懷疑幾件事都跟他有關。」

董治軍皺了皺眉頭：「這麼多年了，他還記得當年的仇恨？」

瞎子道：「所以說斬草需除根，還有那個白雲飛，本來被判了死刑，沒想到他也活著，最近還成功越獄，這些人都是窮凶極惡之輩。」

董治軍道：「你的意思是？」

瞎子道：「我此前沒有通知你們，是因為不想你們捲進麻煩裡面，可現在一看，事情變得越來越嚴重，我擔心這幫孫子會對你和英子姐不利，所以我覺得你們還是暫時離開黃浦，避避風頭也好。」

英子下好陽春麵端了過來，遞給瞎子道：「快吃！」

董治軍簡單將情況告訴了英子，英子道：「你這麼一說我們就更不能走了，青虹要回來過年的，帶著三個孩子，她還不知道這邊的狀況。」

瞎子道：「葉青虹那麼聰明，她什麼情況都能應付，再說了，我和麻雀還在，我們會及時通知她。」

董治軍道：「雖然我們和程小姐沒有打過太多的交道，可她是羅獵的朋友，她有事我們怎麼能坐視不理。」

瞎子把那碗麵很快就吃完了，他苦笑道：「姐，姐夫，你們都是老實人，一直本本分分過日子，這種事，你們摻和不得，留在黃浦，不但你們危險，我們也擔心，不是我危言聳聽，事態只會變得越來越嚴重，趁著他們還沒有找你們的麻煩之前，趕緊找個地方藏起來。」

瞎子是好意，希望董治軍夫婦暫避風頭，從一開始瞎子認為這件事是個陰謀，事實證明，他的猜測是正確的。

董治軍想了想，瞎子的建議不無道理，他點了點頭道：「成，我們兩口子很久沒有回過津門了，趁著過年去津門看看。」

英子道：「兄弟，你怎麼辦？現在巡捕到處在抓你。」

瞎子笑道：「這算什麼，過去我和羅獵什麼風浪沒見過。」提起羅獵，三人同時沉默了下去。如果羅獵在，他肯定會一力承擔，任何的麻煩事都難不住他。

董治軍建議道：「不如你跟我們一起走。」

瞎子搖了搖頭道：「我不能走，我讓人給張長弓捎了口信，不出意外的話，他最近也會趕到，三個臭皮匠賽過諸葛亮，我們想想辦法，看看怎麼把程玉菲救出去。」

董治軍和英子對望了一眼，程玉菲的事情可不是小事，想救走程玉菲，一是找到有力的證據證明她無罪，還有就是劫獄，前者可能性很小，後者的風險太大，如果失敗，不但救不出程玉菲，這些人很可能都要被連累。

董治軍道：「瞎子老弟，你說這是個陰謀，如果被你說中，策劃這個陰謀的人就是想讓我們所有人都陷入這個陰謀中來，我認為，想解決這件事，必須從根本上找原因。」

瞎子道：「你的意思是……」

「找出到底是誰在策劃，把罪魁禍首揪出來。」

瞎子點了點頭，可說起來容易真正做起來卻很難。瞎子道：「姐夫，你們安心去吧，這邊我自有辦法，別忘了，盜門是自己人。」

英子歎了口氣道：「爭來鬥去，爾虞我詐，想過幾天安生日子咋就那麼難。」她搖了搖頭道：「小獵犬這個傢伙不知去了什麼地方逍遙，三年了，老婆孩子就這麼一扔，難道他一點都不想家，都不想咱們？」說著說著眼圈又紅了，轉身偷偷抹淚。

董治軍低聲勸慰她。

瞎子道：「英子姐您也別難過，羅獵這小子肯定會回來，我從沒懷疑過。」

「媽咪！」一個虎頭虎腦的小孩子沿著甲板跑了過去，正在眺望遠方海景的葉青虹轉過身，俏臉上露出會心的笑容，平安也已經長大了，此次回國，她並未帶女兒小彩虹過來，小彩虹如今在歐洲讀寄宿學校，和她一起的還有任天駿的兒子任餘慶，和兒子相比，女兒的變化更大，雖然只有十一歲，可已經很有主見，做事冷靜，頭腦清晰，像極了羅獵。

想起失蹤三年的羅獵，葉青虹眼眶一熱，她慌忙抬起頭，生怕兒子看到自己眼泛淚光的情景。

平安來到母親面前，樂呵呵道：「媽咪，今天就能到家了嗎？」

葉青虹伸出手輕輕撫摸著他的頭頂，點了點頭道：「是啊，到家了！」

平安道：「我想姐姐了，為什麼不帶她一起回來？」

葉青虹笑道：「傻孩子，姐姐要上學啊，還有你餘慶哥哥，他們要讀書，只有讀好書以後才能成為棟樑之才。」

「媽咪，爸爸會回來嗎？」

葉青虹被兒子問得愣住了，她沒有馬上回答。

平安小大人一樣點了點頭道：「一定會回來的，媽媽說過，我爸爸是個言出必行的人，他說過回來的，就一定會回來。」說話的時候緊緊握住雙拳。

葉青虹望著還不到五歲的兒子，心中一時間百感交集，兒子應該已經記不得他爸爸的樣子了，可是在他心中父親的形象光輝而偉大，言出必行。提起父親的時候，平安小臉上的表情充滿了崇拜。

葉青虹強忍心中的酸楚，微笑道：「爸爸有重要的事情去做，我想他應該回來了。」在羅獵剛剛離開的日子裡，葉青虹曾經反覆告訴自己羅獵一定會回來，可隨著時間的推移，羅獵依然杳無音訊。葉青虹也花費了巨大的人力物力去尋找，她漸漸意識到，羅獵這次可能永遠不會回來了……

如果沒有這對兒女，葉青虹絕不會讓羅獵一個人走，她會陪著他同生共死。

平安道：「媽咪！那邊就是咱們的家嗎？」他的小手指著遠方的城市。

葉青虹道：「是的！咱們的家。」

程玉菲這幾天都在醫院中，除了麻雀再沒有人過來看她，雖然麻雀有心瞞著她外面的事情，可程玉菲還是從她的表現中看出了破綻，接過麻雀遞來的蘋果，咬了一口問道：「麻雀，這兩天怎麼沒見瞎子他們？」

麻雀道：「我也不知道，他神出鬼沒的。」她的眼神在閃躲著。

程玉菲道：「麻雀，有什麼事情你千萬別瞞著我。」

麻雀咬了咬嘴唇，終於決定還是把新近發生的事情告訴程玉菲。

程玉菲聽她說完，頓時沉默了下去，又咬了口蘋果，美眸中閃爍著淚花，李焱東是她的助手，兩人相識多年，李焱東始終兢兢業業，想不到竟然以這樣的方式收場。

麻雀道：「瞎子不可能殺他的。」

程玉菲道：「圈套，全都是圈套。他們是在利用對付我的辦法對付瞎子，他們要將我們一個一個的消滅掉。」她抬起頭，望著麻雀道：「麻雀，別再管我的事情了，你馬上離開黃浦，這裡不安全。」

麻雀道：「我不怕，我知道是誰幹的。」

程玉菲皺了皺眉頭，她並不明白麻雀這句話所指。

麻雀道：「陳昊東，一定是陳昊東，我剛剛收到消息，常柴也失蹤了……」她並沒有提起福伯去世的消息，以她和福伯的關係，本來應當前往滿洲弔唁，可是現在黃浦發生了這麼多事情，最好的朋友還身陷囹圄，她又怎能將她拋下，就這樣離開？

程玉菲道：「無論是不是陳昊東，你應當也是他們的目標之一，我現在才明白，他們只是把我當成一個誘餌，將我扔入陷阱之中，等著你們來救我，當你們來營救的時候，再暗中下手，逐一對付你們。」她用力搖了搖頭道：「別再為我白費力氣了，如果不是因為我，李焱東也不會死，瞎子也不會被人陷害，我擔心這樣的事情早晚也會發生在你們的身上。」

麻雀道：「我不在乎，如果咱們換個位置，我相信你也不會走，想害我們，只管放馬過來，我現在已經沒什麼好怕了。」自從羅獵失蹤之後，麻雀就覺得人生失去了意義，她不怕死，不怕任何事。

程玉菲還準備繼續勸說的時候，探長王金民從外面走了進來，麻雀沒好氣道：「你不知道敲門的？」

王金民點了點頭，在已經敞開的房門上敲了敲，然後走了進去，來到程玉菲的病床前，打量著程玉菲道：「程小姐狀態不錯。」

程玉菲道：「還好，托王副探長的福，現在仍然活著。」

王金民聽出她對自己的嘲諷，咧開嘴笑道：「在下現在代理探長之職，全權負責前華總探長遇刺一案。」他在告訴程玉菲，自己已經不再是副職。

程玉菲不卑不亢道：「您找我有什麼事？」

王金民道：「鑒於案情複雜，為了案情考慮，我們接到命令，即日起結束你的保釋期。」

麻雀怒道：「你們怎麼可以這樣？」

王金民道：「麻小姐，我們怎麼做不需要您來指點。」

麻雀憤然道：「我要告你們濫用職權！」

程玉菲道：「麻雀，這件事跟你沒關係，我跟你們走！」

王金民微笑道：「程小姐通情達理，來人！帶走！」

程玉菲道：「請給我幾分做人的尊嚴，至少允許我換身衣服。」

王金民點了點頭道：「那好，我在外面等著，五分鐘！」

王金民離開之後，程玉菲向麻雀道：「你聽著，馬上離開黃浦。」

「不！」

程玉菲道：「不要去找唐寶兒，不要再給任何人添麻煩，我不想連累更多人，麻雀！通知葉青虹，讓她不要回來，有多遠走多遠，我們鬥不過他們的。」

麻雀眼圈紅了，她還想爭辯，可是程玉菲用眼神制止了她，程玉菲換好了衣服，她身上的鞭痕還沒有痊癒，穿衣這麼簡單的動作都會牽動傷痕，不過程玉菲始終挺直了背脊，她堂堂正正的做人，不會低頭，就算是死也不會讓步。

麻雀目送程玉菲被押上了警車，她感覺到自己變得越發孤獨無助，程玉菲被抓，劉探長、李焱東先後被殺，瞎子也不知去了什麼地方？她雖然肯花大價錢請律師，可放眼整個黃浦已經沒有人願意站出來打一場必敗無疑的官司。

麻雀知道程玉菲的話很有道理，現在去找唐寶兒只會給她增加麻煩，唐寶兒說服唐先生出面才幫助程玉菲保釋，可這才短短幾天，警方又把她抓了回去，證明唐先生的面子也不好使了。

麻雀不知自己應該怎麼做，程玉菲勸她離開當然是好意，可自己若是走了，偌大的黃浦還有什麼人可以幫助程玉菲，她不可以走，不可以眼睜睜看著好友被人陷害。

程玉菲為人鎮定，遇事沉穩，她被從醫院帶走之後，並沒有像上次那樣前往巡捕房接受詢問，而是被押送到了一處秘密的地點關押起來，上車之後，程玉菲就被人蒙上了眼睛，她內心中不禁有些緊張，按照正常的辦案程序應該不是這樣，這些人分明採用一種非常態的方法來對付自己，就算自己是謀殺劉探長的真凶，也不應該被違規對待。

程玉菲提醒自己不要慌張，大不了就是一死，人早晚都會有這一天，可作為一個偵探心中還是有些遺憾的，畢竟她還沒有來得及偵破這件案子，找到謀害劉探長的真凶。

程玉菲感覺自己被押著走下階梯，然後又走過一條長長的過道，從帶著潮濕和黴味兒的空氣，她判斷出自己現在應該在某個地下建築物中，她從汽車行駛的大概時間推斷出自己可能處在的方位，應該沒有離開法租界吧？她無法判斷具體的位置。

有人從身後推了她一把，她進入了一個房間，進門時被門檻絆了一下，因為雙手被縛，無法及時調整身體平衡，重重跌倒在了地上，地面堅硬還有些潮濕。

一個熟悉的聲音從前方響起：「你們下去吧。」

程玉菲對聲音非常的敏感，即便是在沒有看清對方容貌的情況下，仍然從聲音判斷出說話的人是她認識的人，而且這聲音十有八九就是白雲飛。白雲飛越獄的事情鬧得很大，按照正常人的思維，白雲飛是不可能繼續留在黃浦的，可也不排除他反其道而行之的可能。

程玉菲聽到腳步聲接近了自己，她在對方的攙扶下站起身來，出於對對方身分的好奇，程玉菲甚至忘記了身體的疼痛。

對方為她揭開了蒙住雙眼的黑布，她看到一名身穿黑袍帶著銀色面具的男子，從身材判斷，應該是白雲飛無疑。

程玉菲道：「想不到你這麼聰明的人，也會做欲蓋彌彰掩耳盜鈴的事情。」

對方呵呵笑了一聲，然後他緩緩揭開了銀色面具。

一張滿是疤痕的可怖面孔出現在程玉菲面前，程玉菲因為眼前的所見而嚇得花容失色，這是她有生以來見過最為醜陋猙獰的面孔，在她印象中的白雲飛面目清秀，舉止優雅，怎麼會變成這個樣子？

白雲飛道：「不是我掩耳盜鈴，而是擔心自己的樣子把你嚇到。」

程玉菲顫聲道：「你……你怎麼會變成了這個樣子？」

白雲飛冷冷道：「還不是拜你們所賜。」

程玉菲已經冷靜了下來，毫無畏懼道：「每個人都要對自己的行為負責，多行不義必自斃，何必將所有的責任推到其他人的身上。」

白雲飛點了點頭，他點燃一支煙，他的手指依然修長而白皙，望著他的手掌，再想到剛剛看到的可怕面孔，程玉菲也不禁感歎，以白雲飛高傲的性情，現在變成了這個樣子，只怕他連死的心都有了。

白雲飛道：「說得不錯，每個人都要對自己的行為負責。」他抽了口煙，抬起頭吐出一團濃重的煙霧，低聲道：「羅獵去了什麼地方？」

程玉菲搖了搖頭道：「其實我比你更關心他的下落。」

白雲飛道：「你不知道？」

程玉菲道：「我只知道他於三年前在西海失蹤，從此以後再也沒有得到他的任何消息，也許他永遠不會回來了。」

白雲飛道：「你是說他已經死了？」他搖了搖頭道：「不可能，他這樣的人怎麼會那麼容易死？」

很多時候瞭解你的人不一定是你的朋友，也許是你的敵人。

程玉菲道：「你策劃這件事是為了對付羅獵？」

白雲飛道：「不只是他，你們當年參與害我的每一個人，我都會讓你們付出百倍千倍的代價，我不會放過你們中任何的一個。」

程玉菲道：「這樣說，劉探長和李焱東全都是被你所殺？」她已經基本上能夠確認這件事，可她還是有些想不通，畢竟白雲飛是一個被通緝的要犯，而現在發生在自己和瞎子身上的事情看起來應當不是他一個人所為，他在租界高層甚至警方內部可能還有幫手。

白雲飛道：「他們並不重要啊，你現在更應該關心的是自己。」

程玉菲道：「說這種話的人沒有親人也沒有朋友吧？」

白雲飛道：「這世上哪有真正的朋友？」

葉青虹抵達黃浦之後聯繫的第一個人就是唐寶兒，此番回來之前，她對國內的局勢就做過一番深刻的瞭解，至少現在的黃浦比起她前年離開的時候更加混亂了。

除了閨蜜唐寶兒，葉青虹並不想聯繫太多人，悄悄地來，悄悄地走，她不喜歡聽到別人安慰自己，雖然她知道那些朋友都是出自真心。

唐寶兒知道葉青虹最近會回來，可是按照葉青虹最初的計畫應該是在一周以後，想不到她提前就回來了，接到葉青虹的電話，唐寶兒驚喜萬分，本想著去葉青虹的家中探望她，可葉青虹卻表示並沒有回家，跟她秘密約定了見面的地點。

唐寶兒按照葉青虹的吩咐，非常小心地在外兜了個圈子，確信沒有人跟蹤她，這才獨自一人來到葉青虹當初結婚的小教堂，當年羅獵曾在這裡當過牧師。

唐寶兒進入小教堂才想起今天是禮拜，平時門前冷落的小教堂居然坐滿了人，她在約定的地點找到了葉青虹，葉青虹帶著兒子坐在教堂的西北角。平安到底是年紀幼小，此時靠在母親的身上睡了。

唐寶兒來到葉青虹身邊坐下，向她笑了笑，壓低聲音道：「平安這麼大了？」

葉青虹點了點頭，輕輕晃醒了平安，平安睜開一雙烏亮明澈的大眼睛，不知發生了什麼，葉青虹示意他不要說話，帶著他跟唐寶兒一起來到了外面。黃浦天氣仍然陰鬱多雲，這個冬天陽光格外的吝嗇。

唐寶兒躬下身子向平安道：「小平安，你還記不記得我？我是你寶兒阿姨。」

平安笑了起來，他的笑容如同陽光般燦爛：「不記得，可是我知道，媽咪經常在我面前提起您。」

唐寶兒咯咯笑了起來，她伸出雙手：「來，讓阿姨抱抱。」

小平安卻搖了搖頭道：「不要，媽咪說，不可以隨便給女孩子抱。」

唐寶兒笑得不行，在小平安的眼裡自己居然還是個女孩子，她向葉青虹道：

「我是不是一點都沒變？」

葉青虹道：「少臭美了，這孩子年紀小，可嘴巴甜，哄你開心呢。」

唐寶兒道：「好小子，長大了少不得跟你爸一樣是個情……」話沒說完已經被葉青虹犀利的目光給逼了回去，唐寶兒吐了吐舌頭，暗叫慚愧，自己這張嘴總是信口開河。

小平安道：「寶兒阿姨，您認識我爸？」

葉青虹道：「去盪秋千吧，我跟你阿姨有些話說。」

小平安點了點頭，踩著小碎步向不遠處的秋千跑去。

唐寶兒道：「你們娘倆住在哪兒？」

葉青虹道：「酒店，還沒有回家。」

唐寶兒道：「跟我見外了，直接去我家裡住就是。」

葉青虹道：「不是見外，是不想麻煩，我這次回來也就是處理幾件事情，順便帶孩子過來玩玩。」

唐寶兒知道她這次回來肯定不會是像她自己說得那麼簡單，輕聲道：「小彩虹沒一起回來？」

葉青虹道：「她上寄宿學校，一來一回需要不少時間，我怕她耽擱學業。」

「這麼小的孩子，你就放心把她一個人留在歐洲？」

葉青虹道：「人總得學會獨立，我像她這麼大時也是一個人在寄宿學校。」

唐寶兒道：「你什麼時候回來的？」

葉青虹道：「昨天！我沒和其他人聯繫過，也沒有別人知道我回來了。」

唐寶兒雖然知道不應該問，可終究還是忍不住道：「三年了，有沒有他的消息？」

葉青虹搖了搖頭，她並不想談論這個問題。

唐寶兒道：「有沒有想過，他可能……」

葉青虹及時打斷了她的假設，無比堅定地說道：「他會回來，一定會回來！」唐寶兒望著葉青虹，她感覺葉青虹比起過去更加堅強獨立了，而且好像變得有些陌生，唐寶兒也不知道為什麼會產生這樣的感覺，可就是覺得她們兩人之間不再像過去那樣，可以無所顧忌地暢所欲言。換句話來說就是她們之間產生了隔閡，唐寶兒認為這隔閡顯然不是自己造成的，而是葉青虹在刻意保持和自己之間的距離。

從葉青虹缺乏溫暖的目光，唐寶兒意識到葉青虹並不是針對自己，而是針對整個世界。唐寶兒想起最近發生的事情，無論葉青虹怎麼想，在自己的眼中她永遠都是自己最好的朋友，唐寶兒將最近發生的幾件事告訴了葉青虹。

葉青虹來到黃浦之後，聽說了一些，所以她才會約見唐寶兒，如果不是想儘快搞清楚狀況，或許要再過幾天才會聯繫唐寶兒。

唐寶兒說完，歎了口氣道：「總之現在就是很麻煩，我好不容易才說動我爸出面，把程玉菲保釋了出來，可想不到這才幾天又被警方帶走關了起來。」

葉青虹點了點頭，這就證明法國領事不準備再給唐先生面子。雖然葉青虹對程玉菲談不上深切的瞭解，可是她絕不認為程玉菲會去殺害劉探長，瞎子也被捲入了麻煩中，不過好在瞎子還算機警，在警方抓住他之前逃掉了。

唐寶兒道：「現在的法租界和過去不同了，你那位老師口碑也不怎麼樣。」

葉青虹道：「我知道了。」她抬起手腕看了看時間道：「時間不早了，我該走了。」

唐寶兒愕然道：「這就走了？你不打算和我一起吃飯？這麼久沒見了，不打算跟我好好談談？」

葉青虹淡然笑道：「改天吧，孩子太小，我還得照顧他。」

唐寶兒知道葉青虹只是理由，不過這個理由實在是有些敷衍了，內心中難免失落，可她也不好說什麼，點了點頭道：「青虹，你要好好保重自己。」

葉青虹從手袋中取出一個精美的首飾盒遞給了她：「不知你喜不喜歡？」

唐寶兒打開首飾盒，看到是一串鑽石項鍊，剛才的失落頓時煙消雲散，看來葉青虹並沒有忘記自己這個老朋友，只是她心事實在太多，所以不能像過去那樣表達，唐寶兒笑道：「喜歡，真的很喜歡。」

葉青虹笑了：「喜歡就好，對了，我回黃浦的事情你不要向任何人提起，只當我沒有來過。」

唐寶兒點了點頭，現在局勢複雜，葉青虹謹慎一些也是對的，畢竟一個女人帶著孩子也不容易。

虞浦碼頭，一艘貨船緩緩靠岸，一個身材魁梧的男子從船上下來，借著碼頭的燈光望著這熟悉的地方，一雙虎目灼灼生光，他解開了蒙住半邊面孔的黑色圍巾，露出生滿虬髯的國字面龐，此人正是張長弓，他接到瞎子的緊急求援消息之後，馬上從東山島回到了黃浦。此前他和海明珠夫婦返回東山島，主要是因為岳父海連天病重。

這段時間海連天的病情有所好轉，張長弓留下海明珠在島上，獨自一人返回黃浦，他知道瞎子如果不是遇到了緊急狀況，不會在這種時候打擾自己。

張長弓離開虞浦碼頭，徑直去了距離這兩里地左右的一片棚戶區，這邊聚居的都是勞苦大眾，多半都在貧困線上掙扎。

夜晚的空氣中瀰漫著一股油炸小魚的香氣，張長弓循著香氣來到了河邊，河邊有一個小攤，駝背老李在這裡經營多年，兩張桌子，幾把破破爛爛的摺凳。平日裡這裡通常會圍得滿滿的，勞累了一天的人們在這裡叫上一個牛雜鍋，炸幾條小魚，弄幾塊臭豆乾，幾個人湊在一起喝上幾口黃酒。

可隨著黃浦的局勢越來越動盪，連公共租界也變得不太平了，許多前來討生活的人離開了黃浦，這一帶日漸冷清。駝背老李仍然繼續著他的營生，事實上除了這個小夜市攤，他也沒有其他謀生的手段。

過去張長弓在黃浦的時候常常會和朋友來這裡喝酒，不是因為便宜，而是因為駝背老李侍弄的雜碎鍋乾淨美味。最早介紹他過來的人是瞎子，羅獵也來過幾次。

張長弓在破破爛爛的桌子旁坐下，記得上次他來這裡還是三年前，周圍沒什麼變化，駝背老李弄的還是那幾樣菜，無論人多人少，生意好壞，他都是那麼認真。

張長弓要了一個牛雜鍋，一碟炸小魚，一盤五香蠶豆。菜剛剛點好，就看到遠處一個臃腫的身影朝這邊走了過來，張長弓馬上認出來人是瞎子，他笑著向瞎子揮了揮手。

其實他看到瞎子之前，瞎子早就看到了他，在黑夜中還沒有人的眼神能比瞎子更加銳利。瞎子其實早就來了，只不過他沒敢在第一時間現身，確信安全之後，這才來到了張長弓的面前，從懷中掏出兩瓶好酒。

張長弓看了一眼道：「你小子何時變得那麼大方了？」

瞎子嘿嘿笑道：「我對別人小氣，可對你一直都大方著呢。」他開了一瓶酒，給兩人面前的酒碗倒滿，端起酒碗道：「為了咱哥倆久別重逢。」

張長弓跟他碰了碰，一飲而盡，瞎子喝酒就矜持得多，喝了一口就放下：「我這麼著急把你給叫回來，是因為遇到大麻煩了。」

張長弓此前從他托人帶來的消息中瞭解了一些，可並不是全部，更何況這幾天又有了新的變化，瞎子將事情的始末說了一遍。

張長弓道：「如此說來，是陳昊東那小子鬧出來的？」

瞎子道：「應該是吧，其實他愛怎麼折騰怎麼折騰，只要別陷害咱們的朋友，現在已經有多人被殺，程玉菲獲得保釋沒幾天又被抓了進去，麻雀去巡捕房探望被拒絕，甚至連他們將程玉菲關押在那裡都不清楚。」

張長弓道：「人家是有備而來。」

瞎子道：「所以說麻煩啊，我聽唐寶兒說今年葉青虹也會回來過年。」

「她回來了？」

瞎子搖了搖頭道：「沒回來，壓根沒聽到任何的消息。」

張長弓道：「她為人謹慎，就算回來也不會讓太多人知道。」

瞎子給他斟滿了酒：「聯繫你我也是沒辦法的事情，羅獵不在，除了你我也聯繫不上其他人，程玉菲幫過我，也是咱們的朋友，麻雀為了她的事情到處奔走，咱們總不能袖手旁觀吧？」

張長弓道：「你讓我出力劫獄都沒問題，可主意我真沒有多少。」

瞎子道：「你什麼人我還能不知道？你來了就好了，現在法租界的巡捕到處抓我，說我是殺死李焱東的嫌犯。」

張長弓濃眉緊皺道：「瞎子，你現在的狀況不妙，我看你還是儘快離開黃浦。」

瞎子道：「陳昊東是個睚眥必報的小人，他不但要對付程玉菲，還會對付咱們所有人，我擔心麻雀、葉青虹她們都會遭到他的報復。」

張長弓冷哼一聲道：「他算個什麼東西，當年在羅獵面前搖尾乞憐，還發了毒誓，有生之年不再踏足黃浦半步，難道他當年的誓言都是放屁嗎？」

瞎子道：「這種無恥之徒，他的誓言又怎能相信？」

張長弓道：「羅獵當年曾經說過，只要他膽敢進入黃浦，就要了他的狗命。」他停頓了一下，現在羅獵已經失蹤三年，陳昊東不要以為無可顧忌，自己會替羅獵教訓他。

張長弓低聲道：「我去要了他的狗命。」

瞎子點了點頭，雖然張長弓去殺陳昊東可能要冒相當大的風險，可目前來看，這也是最可行的辦法，既然這一系列事件的謀劃者是陳昊東，那麼將他剷除無疑是迅速終結他陰謀的最好辦法。

瞎子道：「此事你還需和麻雀商量一下，她對盜門要比我們都要瞭解。」

麻雀這幾天花了不少的錢，這些錢主要是用來給程玉菲聘請律師，以及想辦法打通各個環節，可錢雖然花了不少，收到的效果卻微乎其微，幾乎所有律師都不看好這件案子，現在證據確鑿，想要證明程玉菲無罪的可能性微乎其微。知名律師大都愛惜羽毛，就算麻雀給再多錢，他們也不肯接下這一件沒有任何勝算的案子。不知名的律師或欠缺經驗或能力不足，請他們去打官司幾乎是必敗無疑。

麻雀從未如此糾結過，自從程玉菲被解除了保釋，她幾次去申請見面都遭到了拒絕，麻雀越來越擔心程玉菲的安全。而此時滿洲那邊的消息也得到了證實，福伯的確已經去世，以她和福伯之間的關係，本應第一時間回去奔喪弔唁，可是現在程玉菲生死不明，她又怎能放下這邊的事情？如果她也離開了黃浦，恐怕程玉菲真的是孤立無援了。

麻雀思來想去，決定去和陳昊東好好談談，一切都是從陳昊東出現開始的，只要陳昊東願意收手，她可以做出退讓。

陳昊東早就預料到麻雀會來拜訪自己，他並沒有感到意外。麻雀登門的時候，一位黃浦知名的裁縫正在給陳昊東量身材，陳昊東讓麻雀先坐。

麻雀在沙發上坐下，目光被牆上一位美女的肖像畫所吸引，從畫上看來此女年齡不大，相貌清秀，氣質優雅，應該是位大家閨秀。

陳昊東量好了衣服，讓管家給裁縫拿了定金，來到麻雀旁邊坐下，傭人送上了剛剛煮好的咖啡，陳昊東笑道：「嘗嘗我家的咖啡。」

麻雀意識到他應該是在回敬自己幾天前對他的冷遇，麻雀品嘗了一口咖啡，這咖啡的確不錯，又香又濃，麻雀道：「其實我不喜歡喝咖啡的。」

陳昊東道：「無論你喜不喜歡，我都要拿出自己最喜歡的東西來招待你。」

麻雀道：「我今天來找你……」

陳昊東不等她說完就打斷她的話道：「這幅畫怎麼樣？給點意見。」

麻雀道：「我對油畫懂得不多。」

陳昊東道：「那就對畫裡的人提點意見。」

麻雀道：「畫裡的人？」

陳昊東點了點頭道：「我的未婚妻，蔣雲袖！」

麻雀道：「很漂亮，恭喜你了。」

陳昊東道：「她你未必見過，不過她父親蔣紹雄你一定知道。」

麻雀內心一震，蔣紹雄難道是傳聞中即將調任黃浦的督軍？陳昊東顯然不會毫無原因地提到這件事，他有他自己的目的，分明是在向自己示威。麻雀點了點頭道：「看來你找了一位門當戶對的妻子。」

陳昊東笑了起來，門當戶對？才怪！他是盜門出身，哪怕當年父親貴為盜門門主，也稱不上名門望族，未來的岳父蔣紹雄卻是威名遠播的將領，麻雀顯然是在諷刺自己。

陳昊東道：「她對我很好。」

麻雀道：「我雖然沒有見過她，可也相信她是一個很好的女孩子。」

陳昊東道：「難得聽你說幾句中聽的話，是不是有什麼事情要我幫忙啊？」

麻雀道：「我來找你是想問問你的真實想法。」

陳昊東哈哈笑道：「你什麼時候開始在意我的想法了？」

麻雀道：「我知道你一直對當年的事情耿耿於懷，可程玉菲和這件事是沒有關係的，你放過她好不好？」

陳昊東臉上的笑容倏然消失了：「都不知道你在說什麼？」

麻雀道：「你心知肚明，如果你恨我，你完全可以直接對付我，為什麼要針對玉菲？」

陳昊東道：「麻雀，你我畢竟相識一場，我從未把你當成我的仇人，即便是你做過許多對不起我的事情，傷害我的事情，是！我承認，直到現在我仍然放不開當年的事情，換成你你會怎麼做？我爹是盜門門主，門主的位置本來就該是我的！枉我對你如此信任，你居然幫著羅獵那個外人對付我，你們合夥陷害我！」

麻雀道：「害你的另有其人。」在她看來，陳昊東當年如果不是受了鄭萬仁的蠱惑，也不會走入歧途，落到眾叛親離的下場。

陳昊東道：「你說的那個人已經死了，所有害過我的人都會死！」他瞪大了雙眼惡狠狠道。

麻雀咬了咬嘴唇，她意識到自己來錯了，陳昊東這種人根本不懂得什麼叫寬容和退讓，他已經被仇恨蒙住了雙眼。麻雀道：「我今天來找你，不是怕你，而是要當面告訴你，我不會讓你的奸計得逞。」

陳昊東道：「在你眼中我從來就不是一個好人，你喜歡羅獵不是嗎？你找他出來幫你啊？只可惜他也死了，你那麼喜歡他，他究竟知不知道？他知道的對不對？可惜他不喜歡你，他喜歡的是葉青虹。」

麻雀揚起手照著陳昊東打了過去，卻被陳昊東一把抓住了手腕，陳昊東抓得如此用力，麻雀感覺骨頭都快被他捏碎了。

陳昊東咬牙切齒道：「我會讓你嘗到失去一切的滋味！」

麻雀不會讓陳昊東得逞，就算是拚著和他同歸於盡，從陳昊東住處離開之後，麻雀冷靜地考慮這件事，此前她還抱著以讓步換取和平的幻想，現在她所有的幻想都已經破滅了，現實就是如此殘酷。

麻雀回到家門口的時候，有人在寒風中等著她，看來已經等了很久，麻雀認出此人是常柴的手下，是盜門黃浦分舵的成員阿輝，阿輝看到麻雀的汽車駛來就迎了過去。麻雀並沒有急於下車，最近發生的事情讓她對任何事都變得警惕：

「找我？」

阿輝肯定地點了點頭道：「麻小姐，常先生失蹤了。」

麻雀在回來的路上就想過要團結一切可團結的力量，其中就包括了常柴，雖然常柴在程玉菲的事情上擺出了事不關己高高掛起的消極架勢，可現實卻容不得他逃避，陳昊東來到了黃浦，陳昊東已經放話出來，他要拿回自己曾經失去的一切，這其中就應該包括盜門。

麻雀下了車，將阿輝請到了家裡。

阿輝一臉焦急地把事情的經過告訴了麻雀，常柴失蹤已經整整三天了，本來都以為他去了瀛口奔喪，可根據瀛口那邊的加急電報來看，他仍然沒有抵達，不僅僅是他，所有和他同行的人都沒有抵達，所以阿輝才會來找麻雀，其實也就是抱著僥倖試試的想法。

麻雀聽他說完就意識到這件事不妙，憑直覺感到常柴的失蹤一定和陳昊東有關。她想了想道：「陳昊東回黃浦的事情你們知道嗎？」

阿輝搖了搖頭，臉上的表情卻凝重起來。

麻雀道：「他回來沒幾天，不過我懷疑這件事跟他有關。」

阿輝道：「既然常先生不在，那麼我還是儘快讓人去其他地方找找，希望他吉人天相。」說出這句話就證明他也感到事情不妙了。

麻雀送阿輝出門，剛好有客人前來拜訪，麻雀看到來人驚喜萬分道：「張大哥，您什麼時候到的？」

張長弓的出現對麻雀而言猶如一盞暗夜中的明燈，在他們這群朋友中，除了羅獵，張長弓應該是綜合實力最為強大的一個，他為人勇武且沉穩，有他在就等於有了主心骨。

張長弓並不認識阿輝，多看了一眼，向他微笑頷首，算是打了個招呼。他此次前來不僅僅是和麻雀商量對策的，還通報了瞎子平安無事的消息。

麻雀聽到這個消息，也鬆了一口氣：「我這兩天都在擔心他，法租界的巡捕到處都在找他，說他是殺害李焱東的嫌犯。」

張長弓道：「瞎子沒殺人。」

麻雀當然對這一點深信不疑，她歎了口氣道：「一切都是陳昊東搞出來的，現在連盜門黃浦分舵的常柴也神秘失蹤了，我懷疑他凶多吉少。」

張長弓道：「必須要儘快結束這種狀況，不然還會有更多的人被害。」

麻雀點了點頭：「張大哥，您打算怎麼辦？」

張長弓道：「我沒什麼計謀，也不懂得什麼大道理，這次來就是想聽聽你的意見。」

麻雀道：「想要儘快制止這種狀況就必須要從根源抓起，只要我們能夠制住陳昊東，這些針對我們的陰謀就會終結。」

張長弓道：「他這次應該是有備而來，想要將他控制住未必那麼容易。」

麻雀咬了咬櫻唇，果斷道：「我們可以剷除他！」

張長弓其實也這麼想，想要在最短的時間內制止陳昊東瘋狂報復的有效辦法就是將這個瘋子幹掉。他低聲道：「咱們合計合計，應該怎麼做！」

第三章

徹底消失

羅獵在照片中影像的消失讓她產生了深感恐懼的想法，
從目前的照片上已經找不到關於羅獵的任何印記，
難道羅獵要從這個世界上徹底消失？即便是他離開了人世，
也不應該發生這種狀況，難道羅獵會被從歷史中徹底移除？
如果歷史否定了羅獵的存在，那麼他們的兒女呢？

人的一生時常會遇到困惑，通常不知道自己應該怎麼去做？聰慧如葉青虹也會遇到這樣的困擾，自從羅獵離去之後，她時常會面對同樣的問題，她感覺自己以後的生命都是在為這對兒女而活，等將來有一天，將他們撫養成人，那麼自己就可以毫無牽掛地去找羅獵了。

午夜夢迴無數次中途驚醒，然後就輾轉反側，難以成眠。葉青虹打開床頭燈，望著一旁小床上兒子可愛的小臉，心中稍感安慰，打開床頭燈，找出她和羅獵的合影，一切恍如昨日。

想起羅獵的音容笑貌，葉青虹就抑制不住內心的酸楚，也只有在這種時候，在夜深人靜之時，她方才會卸下堅強的偽裝，留下思念的淚水。獨自一人來到客廳。

仍然忍不住望著那張照片，她小聲道：「你知不知道，你真的很殘忍，留下我，留下孩子們，你有沒有想過，失去你，就算給我們留下整個世界又能如何？對我們又有什麼意義？」

一顆晶瑩的淚水落在照片上，剛好滴落在羅獵的臉上，葉青虹慌忙去擦去這顆淚水，卻想不到羅獵的影像竟然開始迅速變淡，葉青虹以為自己看錯，眨了眨眼睛，發現羅獵的影像竟然徹底消失，葉青虹不由得緊張了起來，當她再三確認自己沒有看錯之後，馬上起身去尋找其他的相冊，葉青虹之所以這樣做，是因為她產生了一個可怕的預感。

很快她就發現，自己的預感被證明了，她隨身所帶的所有相冊中，所有關於羅獵的照片、影像都徹底消失了，葉青虹深深震驚了，整個人呆立在那裡，腦海中一片空白，足足過了半分鐘，她方才清醒過來，手忙腳亂地去尋找羅獵其他的照片，畢竟這是在酒店，一時間找不到更多羅獵的相片。

葉青虹想到了兒子，在平安的護身符內有羅獵的相片，葉青虹顫抖的手拿起了兒子枕下的護身掛件，打開掛件，發現羅獵的影像也從照片中消失。葉青虹下意識地捂住櫻唇，雙眸中流露出惶恐的光芒，羅獵將他的秘密對她坦然相告，正因為此葉青虹才感到害怕，甚至在羅獵離開的三年中，她都未曾像現在這般害怕過。

羅獵在照片中影像的消失讓她產生了深感恐懼的想法，從目前的照片上已經找不到關於羅獵的任何印記，難道羅獵要從這個世界上徹底消失？即便是他離開了人世，也不應該發生這種狀況，難道羅獵會被從歷史中徹底移除？如果歷史否定了羅獵的存在，那麼他們的兒女呢？

平安被身邊的動靜驚醒了，看到了惶恐的母親，伸出小手揉了揉眼睛，怯怯道：「媽咪……」

葉青虹提醒自己一定要冷靜下來，低聲催促道：「快！快穿衣服，我們離開這裡。」

平安從母親一反常態的表情中意識到了危險，他慌忙穿上衣服，向來提倡孩子自主獨立的葉青虹，現在連一刻都不肯放開兒子，幫助平安穿好了衣服，將平安抱了起來。

「媽咪，我自己走。」

葉青虹卻抱緊了兒子：「乖，別說話。」

母子兩人離開了酒店，葉青虹驅車直奔她家中而去，她此次從歐洲回來之後還沒有到家裡去過，一是因為目前局勢複雜，她不願引起太多人關注，二是因為每次回到家裡，睹物思人，更激起她對羅獵的思念。然而剛才發生的事情卻讓葉青虹倍感惶恐，她的身邊已經找不到關於羅獵任何的影像，所有照片中的羅獵都已消失了蹤影。

她要儘快回到家中，回到那個曾經充滿幸福回憶的地方，希望剛才發生的事情只不過是巧合。

在葉青虹前往歐洲的日子，她的家裡只有吳媽和其他兩名傭人在照看，這三人對她忠心耿耿，吳媽雖然知道葉青虹母子會回來，可也沒有想到她會突然在半夜歸來。

見到葉青虹母子，吳媽激動的留下了眼淚。

葉青虹顧不上和吳媽寒暄，直奔書房，她找出了所有能夠找到的相冊，希望從中能夠找到羅獵的一張照片，讓她失望的是，羅獵的照片猶如人間蒸發般全部消失。

葉青虹一反常態的舉動嚇到了平安，他顫聲道：「媽咪……我……我害怕……」

吳媽勸慰他道：「小少爺，別怕，媽媽找東西呢。」她從未見葉青虹如此驚慌失措過，整理地上凌亂的相冊，無意中看到一張葉青虹和羅獵的婚紗照，對這張照片她再熟悉不過，因為家裡的客廳中就有一張同樣放大的照片，可是這張照片中只剩下穿著婚紗的葉青虹，羅獵竟然從照片中消失了。

葉青虹將所有的相冊翻了一遍，已經找不到屬於羅獵的任何照片了，她的內心被巨大的恐懼籠罩著。羅獵消失了，自己再也找不到屬於他的影像。

吳媽從葉青虹的舉動中明白了什麼，提醒葉青虹道：「太太，畫室裡有畫像的！」

經她提醒，葉青虹想起自己曾經給羅獵畫過一幅畫像，她快步來到畫室中，把燈打開，看到仍然擺在畫架上的那幅畫，畫還沒有完成，這幅畫是在羅獵離去之前她為羅獵所繪，可因為心境煩亂，直到羅獵離去之時仍未完成。

在羅獵走後，葉青虹幾度提筆想要完成這幅畫，可每次都中途作罷。畫已經完成了大部分，除了衣服和背景的細節外，其他已經基本完成，畫像中的羅獵風度翩翩，氣度不凡，葉青虹的繪畫功底很深，這幅畫很好地抓住了羅獵的特徵，可謂是形神兼備。

看到這幅畫，葉青虹頓時熱淚盈眶，羅獵沒有消失，他還在，這幅畫就是證明。

吳媽抱著小平安也隨後趕到了畫室，看到那幅畫，吳媽鬆了一口氣，小平安指著畫像道：「爸爸，爸爸！」

葉青虹點了點頭，來到畫像前，伸出手指輕輕觸摸著羅獵的面龐，似乎感到羅獵回到了自己的身邊，葉青虹閉上雙目，兩行淚水沿著皎潔的面頰滑落。她將這幅尚未完成的油畫卷起收好，背身擦去淚水。

吳媽懷中的小平安畢竟年齡幼小，這會兒已經趴在吳媽的懷中睡去了。吳媽道：「太太，我去整理下房間，您也早點休息。」

葉青虹從吳媽懷中接過兒子，回到臥室。其實吳媽幾乎每天都會將房間打掃一遍，隨時恭候她的到來。

葉青虹將兒子放在小床上，向吳媽道：「時間不早了，你也去睡吧。」

吳媽笑道：「人老了，睡得時間少，太太，您需不需要吃宵夜？」

葉青虹搖了搖頭道：「你去吧。」

吳媽這才離開。

葉青虹檢查了一下兒子身上的被褥，經過這番變故，她今晚無論如何都睡不著了，在燈下展開那幅油畫，羅獵還在，可是他的影像在照片中神秘消失卻已經成為事實。

葉青虹就這樣捧著羅獵的畫像呆呆出神，她多麼希望羅獵能夠回到身邊，他知不知道自己這三年是在怎樣的煎熬中度過？

可是葉青虹擔心的事情終於還是發生了，先是色彩在她的眼前變得暗淡模糊，她以為是自己睏了的緣故，所以拚命睜大眼睛，將那幅畫湊近自己面前，可無論她怎樣做，那幅畫的色彩和輪廓都在迅速消失。

葉青虹想要阻止，可她又不知道如何阻止，眼睜睜看著這幅畫中的羅獵消失，只剩下一個尚未完成的身軀和背景的輪廓。

葉青虹強忍悲痛，就算時光可以讓羅獵的影像消失，可是無法奪去自己的記憶，來到小床邊，握著兒子胖乎乎的小手，她最擔心的就是平安，她不敢多想，只求剛才發生的一切只是幻象。

平安忽然驚醒，他發出一聲惶恐的尖叫，葉青虹慌忙抱住了他：「兒子，別怕，媽在這裡，媽媽在這裡。」

平安的小臉上都是汗，他抓住母親的手道：「媽咪，我……我剛剛做了一個好可怕的夢，有好多穿著黑衣的人在水裡面……」

葉青虹愣了一下，她馬上關上了燈，找出望遠鏡從窗口向外望去，別墅的南邊不遠就是人工湖，通過望遠鏡她看到小湖中有幾個黑點，葉青虹的內心頓時被危險籠罩，她讓平安趴到床底下，然後以最快的時間撬開臥室的地板，從中取出藏在地板下的武器。

葉青虹端起狙擊槍瞄準了湖面，那些黑點已經接近了湖邊，其中一人已經率先上岸。

葉青虹通過瞄準鏡鎖定了水中一人的頭顱，毫不猶豫地扣動扳機，一槍爆頭，那名潛入者死在了小湖中，這一槍頓時將其他人驚動，其他幾名潛入者慌忙向湖面下藏身，他們藏身的速度雖然很快，可葉青虹開槍的速度更快，葉青虹接連擊斃了三名未來得及上岸的潛入者。

率先上岸的那人向左側大樹狂奔，不等他藏身到樹後，葉青虹一槍射中了他的心口。

葉青虹內心充滿了不解，羅獵當年曾經給他們的家設計了一套超前的預警系統，因何這些人潛入之後，沒有接到任何的警報？如果不是兒子在夢中驚醒，那些潛入者可能已經全部順利登岸。

葉青虹讓兒子從床下爬出來，她要儘快帶著兒子轉移到地下室，在那裡有一座秘密的逃生通道。

平安指著窗口道：「大蝙蝠！」

葉青虹反應神速，掏出手槍瞄準窗口，窗外空空如也，她以為兒子看錯的時候，卻看到一張慘白的面孔出現在窗外，葉青虹眼疾手快，蓬！蓬！蓬！連開數槍，子彈全都射在那張慘白的面孔上，外面的潛入者慘叫一聲，跌落下去。

葉青虹擰動床頭的檯燈，壁櫥向一旁移動開來，露出後方隱藏的暗門，她抱起平安，快步向暗門衝去。

此時那張流血的面孔再度從破裂的窗口顯露出來。

葉青虹進入暗門抓住鋼索，順著鋼索迅速滑落。

臥室的窗口被整個撞得粉碎，一個瘦高的身影撞開窗戶衝入了臥室中，他身法快捷，宛如鬼魅，全速向尚未來得及關閉的暗門衝去，試圖搶在暗門關閉之前追上葉青虹。可是他終究還是晚了一步，抵達之前暗門已經關閉，他的身體重重撞擊在暗門之上，發出咚的一聲悶響，整個房間為之一震，單從房間的震動就能夠推斷出他剛才的衝擊力何其龐大。

因為合金門的反衝力，他摔倒在了地上，從地上慢慢爬起，周身的骨骼發出劈哩啪啦宛如爆竹般的聲音，慘白的面孔多了幾個槍洞，從槍洞內還在流血，不過，一顆顆的彈頭從傷口中擠壓出來，掉落在地上，他臉上的傷勢也在以肉眼可見的速度復原著。

葉青虹沿著鋼索滑到了底部，打開通往地下密室的房門，確信密室內並無危險，這才先將兒子放下，轉身鎖死身後的房門，這會兒生死逃生的經歷讓她驚魂未定。

雖然葉青虹並沒有看清最後潛入者的樣子，可是她清楚記得自己射出的子彈全都擊中了他的面孔，可是仍然沒有將他殺死，解釋只有一個，那名潛入者是一個異能者。

在羅獵和風九青前往尋找九鼎之後，已經好久沒有新的異能者出現，即便是張長弓，他的能量也因為被風九青吞噬而大打折扣，按照張長弓的說法，他的自癒能力也減退了不少，此人連中那麼多槍之後，仍然短時間恢復過來，足見他的實力之強大。

葉青虹摸了摸兒子的小臉，她擔心嚇壞了兒子，小聲安慰道：「別怕，媽媽在。」

平安點了點頭道：「媽咪別怕，我會保護你的。」

葉青虹因兒子這句話眼眶一熱，不愧是羅獵的兒子，雖然年齡這麼小，可是他已經有了過人的膽色，在這種時候居然能夠想到保護自己。

平安看了看周圍道：「媽咪，這裡是什麼地方？」

葉青虹道：「安全的地方。」這裡是當年羅獵為了保護他們，以防萬一而留下的一處安全密室，經過羅獵的精心設計，外牆能夠抵擋炮彈的襲擊。

葉青虹感到地面在震動，應該是有人在試圖衝撞那扇暗門，她意識到就算是這間密室也不是長留之地，她必須儘快帶著兒子離開這裡，前往安全的地方。葉青虹打開武器櫃，從中找出了羅獵設計並製造的防彈衣，先給平安披在身上，然後自己也穿了一件，武器裝備完畢之後，打開了與逃生通道相連的大門。

平安道：「媽咪，他們為什麼要追趕我們？」

葉青虹道：「因為他們是壞人。」暫時逃脫危險之後，她開始回憶剛才發生的危急狀況，居然是平安最早發現了潛入家中的敵人。按理說不應該如此，平安當時在睡覺，他怎麼可能看到外面的情況？難道一切只是巧合？

葉青虹正想問兒子，卻發現這會兒功夫兒子已經睡了。平安從出生以來還從未遭遇過這樣的凶險場面，葉青虹想起羅獵當初給兒子起名平安的初衷，雖然關於羅獵的所有影像都已經消失，可是在她心底永遠都不會消失不會離去。

葉青虹背著兒子在通道中快步前行，突然來自於上方的劇烈震動讓她一個踉蹌險些跌倒在地，她推斷出潛入者炸掉了她的家，內心中頓時被仇恨和怒火點燃，這裡不但是她的家，還充滿著她和羅獵的回憶，這些可恨的傢伙毀掉了一切。

吳媽和兩名忠誠的傭人可能已經遇難，葉青虹甚至來不及通知他們，也許自己不該回來的，如果她不回來，可能就不會把敵人引到這裡。這些毀掉她家園的無恥之徒應該早已在附近潛伏，發現她現身之後才採取了行動。

瞎子也看到了來自於羅獵莊園的爆炸，他並沒有走遠，利用自己對黃浦地形的熟悉，和那些四處搜尋他的巡捕兜圈子，不過這次搜捕他的力度明顯不如上次，可能在巡捕的眼中他並不重要。

瞎子望著遠處爆炸燃起的火光，心中怒火填膺，在他看來這件事也一定是陳昊東幹的，此人做事不擇手段。瞎子同時也感到慶幸，幸虧葉青虹還沒有回到黃浦，不過葉青虹家裡的傭人恐怕麻煩了。

清晨，羅獵和葉青虹住處被炸的消息就傳遍了租界，雖然羅獵消失多年，雖然葉青虹也去了歐洲，可是發生在租界的爆炸案實在太過震動。

唐寶兒趕到的時候，王金民正帶著巡捕在現場調查，圍著別墅的斷壁殘垣拉起了警戒線，不時看到有人抬著焦黑的屍體出來，湖畔也發現了多具屍體。

王金民捏著鼻子，這裡的焦臭味道實在是讓人難以忍受。他準備離開的時候，又被一幫記者給包圍了，王金民微笑道：「諸位記者朋友，在案情沒有調查清楚之前，不便向外透露。」他示意手下開路。

來到自己的警車前，準備上車的時候，一輛車迎面駛來擋住了他的去路，王金民定睛一看，卻是唐寶兒。

唐寶兒直奔王金民道：「誰幹的？告訴我是誰幹的？」

王金民對唐寶兒還算客氣，歎了口氣道：「唐小姐，案情還在調查，不過死了很多人。」

唐寶兒眼圈紅紅的，只有她清楚葉青虹已經帶著兒子回來了，她無法確定葉青虹到底在不在爆炸現場，如果真要是遭遇不幸，她已經不敢想下去。唐寶兒質問道：「你身為探長該抓的不抓，不該抓的好人卻被你送入監獄，對得起自己的良心嗎？」

王金民被她說得臉色鐵青，乾咳了一聲道：「唐小姐，請注意你的用詞，如果惡意攻擊誹謗，我可以告你。」

「那就去告我，把我抓起來啊！」唐寶兒尖聲叫道，她情緒激動想要衝上去跟王金平理論，卻被司機給攔住了。

王金民狼狽上車，催促手下倒車迅速離開了現場。

唐寶兒無法進入警戒區，看到仍然有屍體被抬出來，整個人就快要崩潰。人群中有人用手臂輕輕碰了碰她，唐寶兒轉身望去，看到是瞎子帶著氈帽混在觀望的人群中，她也聽說了瞎子的境況，本以為他早就逃離了黃浦，想不到瞎子仍然還在這裡。

唐寶兒沒有馬上和瞎子說話，因為她看到瞎子已經離開人群向遠處走去，唐寶兒四周觀望了一下，確信無人留意自己，這才快步向瞎子走的方向追了過去。

來到花園的涼亭附近，瞎子躲在圓柱後方，他向唐寶兒招了招手。

唐寶兒道：「瞎子……青虹……青虹和她兒子都回來了……」

瞎子聞言大吃一驚：「你說什麼？」

唐寶兒說著說著就哭了起來。

瞎子也是內心一沉，從唐寶兒現在的表現來看，葉青虹已經回國確定無疑，可能葉青虹出於謹慎考慮，並沒有和唐寶兒以外的人聯繫。所以唐寶兒才會哭，如果昨晚爆炸發生之時，葉青虹和兒子都在這裡，恐怕已經在爆炸中罹難了。

瞎子道：「你能確定葉青虹母子昨天住在這裡？」

經他一問，唐寶兒方才想起葉青虹跟自己說過的話：「她……她好像說過，暫時不會回來……」

瞎子道：「葉青虹那麼聰明，她應該不會回來。」停頓了一下又道：「剛才我圍觀了一會兒，現場沒有小孩的屍體。」

唐寶兒聽他這麼說頓時安心了許多，她小聲道：「我再去找人查查，瞎子，現在巡捕到處都在找你，你居然還沒走。」

瞎子不屑道：「就憑他們那幫廢物點心，想抓我可沒那麼容易。」

唐寶兒叮囑瞎子要多加小心，瞎子也不敢在這裡多做逗留，告訴唐寶兒張長弓已經來到黃浦的消息，讓她和麻雀聯絡，在這裡發生爆炸之後，葉青虹母子如果平安無事也一定很快會得到消息，葉青虹十有八九也會找唐寶兒。

兩人說了幾句，瞎子很快就離開。

唐寶兒內心焦慮，她多方打聽，爆炸現場的初步勘察結果表明，裡面並無小孩的屍體，女性也只有一個，不過根據法醫的鑒定女性應該年齡偏大，基本排除了葉青虹母子在現場遇難的可能。

唐寶兒終於放下心來，可是葉青虹並沒有通過任何的方式跟她聯繫，唐寶兒決定還是先和麻雀聯繫，驅車去麻雀家中發現麻雀並不在家。

王金民暫時代理華總探長一職，可謂是受命於危難之際，劉探長被殺，最高興的要數他這個副職，本以為偵破程玉菲的案子然後就能夠自然而然地取代劉探長，從此一路飛黃騰達，可現實卻不從他所願，自從他上任之後，一件接著一件的案子在租界發生，王金民不是傻子，當然清楚這些出事的人多半都有聯繫。

他回到巡捕房接二連三的電話就打了過來，多半都是記者打探消息的，王金民已經不耐煩了，電話鈴沒完沒了地響，他拿起電話不等對方說話就咆哮起來：

「都說了多少遍了，案情還沒有查清……呃……領事先生！」雖然領事蒙佩羅沒有出現在面前，可王金民仍然恭敬地站起身來。

蒙佩羅的聲音充滿了嘲諷：「王副探長，好大的火氣啊！」

王金民苦著臉道：「領事先生，我不知道是您的電話，卑職多有冒犯。」

蒙佩羅顯然沒心情聽他拍馬屁，冷冷道：「劉探長在任的時候，租界可沒那麼多的麻煩事。」

王金民道：「屬下辦事不利，我保證一定儘快破案。」

蒙佩羅反問道：「你拿什麼保證？」

王金民被問住了，愣了一會兒方才道：「卑職要一件案子一件案子的查，可是巡捕房警力有限，目前大部分精力都放在劉探長遇刺的案子上，所以其他的案子有所忽略，不過劉探長的案子就快結案了，請領事先生多給我一點時間。」

蒙佩羅道：「結案了？怎麼結的案？」

王金民道：「兇手已經抓住了，證據確鑿啊！」

「誰是兇手？」

王金民道：「程玉菲啊！」

蒙佩羅接下來的話讓王金民懷疑自己是不是聽錯了：「她不可能是兇手，我認識她，她是個奉公守法的偵探，怎麼可能殺人？」

王金民張口結舌道：「可……殺人的手槍是她的……」

蒙佩羅道：「一把手槍就能定案？」

「還有照片。」

蒙佩羅哈哈大笑起來：「照片很模糊啊，再說這個世界上長得相像的人不是很多嗎？在我們歐洲人眼裡，你們東方人長得都差不多。」

王金民現在有些懂得他的意思了，可他越來越糊塗，當初示意他儘快結案，示意他把兇手置於死地的不是這個法國佬嗎？怎麼突然他就轉了風向？吃錯藥了？還是收人錢了？在王金民看來後者的可能性更大。

蒙佩羅道：「我有個建議，暫時釋放程玉菲，讓她去調查這件案子。」

「什麼？」王金民算是真正領教到這法國佬的反覆無常了，不過他不敢繼續追問，蒙佩羅發生了什麼事情跟他無關，他能做的就是執行命令：「好吧，屬下照辦就是，不過現在她被送到了看守所，想讓她出來，還需領事大人親自簽署一份命令。」

「沒問題，我馬上讓人給你送過去。」

蒙佩羅放下電話，額頭上已經全都是冷汗，他的表情極其尷尬，尷尬中透著憤怒和不甘，在他面前的辦公桌上，放著一個文件袋，文件袋裡面裝滿了他的隱私和醜聞資料。

這封文件是有人直接送到了領事館，本來送到他手裡之前需要開封檢查，可葉青虹的一個電話讓蒙佩羅不敢怠慢，蒙佩羅曾經是葉青虹的老師，不過後來從政，任何人都有缺點，蒙佩羅這個人也是如此。

他最大的毛病就是貪財，羅獵尚未離開黃浦的時候就發現了這一點，他提醒葉青虹，這位表面寬厚仁慈的老師，其實是一個陰謀家和野心家，利用他的地位瘋狂掠奪財富。

蒙佩羅接到的這份文件，其中多半都是他在中華的黑資料，而葉青虹在電話中用平淡的語氣告訴他，關於他的資料還有很多，如果將這些資料都送到法蘭西，他至少會被判處十年以上的刑期。

葉青虹給他這份資料就意味著不會再顧及過去的師生情誼，如果蒙佩羅不下令釋放程玉菲，她會把所有資料都寄給相關方面。

蒙佩羅不敢拿自己的前程和命運做賭注，畢竟還有不到一年他就可以功成身退了，他已經積累了足夠的財富，他要平平安安地離開這個東方大國，回到屬於自己的浪漫之都安享晚年，所以他並沒有做太多的考慮就表示屈服。

打完這個電話，蒙佩羅無法遏制心中的憤怒，抓起電話狠狠摔在了地板上。

陳昊東來到督軍府前下了車，進去之前先整理了一下衣服，他是來拜訪未來岳父蔣紹雄的。

與此同時，在督軍府對面的樓房內，已經偽裝成為一個老人的張長弓已經將狙擊槍準備完畢，端起槍瞄準了陳昊東。他還沒有來得及鎖定目標，就聽到身後傳來了動靜，張長弓第一時間放棄了射殺陳昊東的打算，他原地翻滾調轉槍口對準了門外。

看到身穿白色武士服的忍者衝了進來，張長弓果斷開槍，忍者手中太刀舞動，他出刀的速度奇快，準確無誤地將張長弓射向他的子彈劈成兩半。子彈被太刀一分為二之後改變了方向，忍者如同一團白煙，瞬間移動到張長弓的面前，左手短刀刺向張長弓的胸口。

張長弓手中的長槍已經變成了負累，他棄去長槍，一把抓住忍者的雙手，利用強橫的身體撞擊在對方的身上，忍者被他這一撞，胸口肋骨斷裂數根，張長弓雙臂用力擰動，傳來骨骼碎裂的聲音，忍者的雙臂骨骼也被他擰斷，雖然張長弓體內的異能被風九青吞噬了一部分，可他仍然擁有超出常人的力量。這名忍者顯然沒有料到對方會擁有如此強橫的力量，眼睜睜看著自己的雙刀被奪，倒轉的太刀閃電般割開了他的咽喉。

張長弓乾脆俐落地幹掉了這名忍者，他重新拿起狙擊槍，再看陳昊東已經進入了督軍府，自己顯然錯過了刺殺的絕佳時機。張長弓不敢繼續逗留，以最快的速度將槍支拆解，然後迅速離開了藏身地。

張長弓連續走過兩條街，走進一間事先安排好的民房，換好衣服，卸去偽裝，拎著藤條箱離開了民房，來到不遠處的浦江，看到四周無人，將裝著槍支的藤條箱扔入江水之中。

張長弓因這場刺殺失敗而深感遺憾，不過他回到麻雀家中向麻雀通報這一情況的時候，卻得到了一個好消息。

麻雀剛剛聽說，領事蒙佩羅已經正式下達了對程玉菲的釋放命令，還特地提出讓程玉菲參加案件的調查，此事的反轉超出了每個人的意料之外。張長弓抵達的時候，麻雀正忙於核實這件事的真假。

張長弓把自己刺殺陳昊東的經過說了一遍，麻雀聽完也感到非常的奇怪，她低聲道：「怎麼會這樣？這件事只有你我知道，不可能走露風聲。」

張長弓道：「應該不是走漏了消息，那名忍者突然出現，我現在回想一下，他應該事先就埋伏在那裡，很可能是負責陳昊東安全的。」

麻雀道：「怎麼可能？陳昊東又不是日本人，怎麼會有忍者負責他的安全。」

張長弓道：「這我就不知道了，我殺掉那名忍者之後，並沒有其他人發現，可能陳昊東也不知道這名忍者的存在。」

麻雀道：「也可能這名忍者也抱著和你一樣的目的，都是為了刺殺陳昊東的？」

張長弓想了想，麻雀說的可能性的確存在。

兩人說話的時候，唐寶兒來了，她帶來了瞎子的消息。

張長弓聽說羅獵的住處被炸，簡直把肺都要氣炸了，又聽唐寶兒說起葉青虹已經帶著兒子回到了黃浦，難免感到擔心，麻雀和張長弓也是一樣。

唐寶兒道：「你們有沒有聽說，法國領事剛剛簽署了釋放命令，程玉菲很快就能夠得到自由，據說是經過調查證據不足，所以對程玉菲免於起訴。」

麻雀道：「我倒是聽說了，可玉菲到現在還沒有回來，巡捕房那邊也沒有消息。」

唐寶兒道：「應該不會有錯，我們耐心等等。」

麻雀道：「如果玉菲能夠獲釋，當然最好不過。」

張長弓道：「那個蒙佩羅怎麼會突然改變了主意？」

麻雀看了看唐寶兒，唐寶兒搖了搖頭道：「你不用看我，這件事跟我一點關係都沒有，上次我爸好不容易才說服他們給程小姐保釋，可沒幾天又把程小姐抓回去了，證明他們根本不給我爸面子，這次應該是另有他人。」

麻雀道：「會不會是葉青虹？」

唐寶兒道：「不會吧，蒙佩羅雖然是她老師，可人總是會變的，他未必會念什麼師生情誼。」

麻雀道：「不管了，我先去巡捕房問問，看看玉菲是不是真的被釋放了。」

他們幾人正準備出門的時候，唐寶兒的司機拿了一封信過來，送信的是一個報童，直接將報紙和信扔到了車裡面。

唐寶兒拆開一看，從字跡就認出是葉青虹，她激動道：「是青虹！」心中的一塊石頭總算落地，葉青虹既然能夠讓人送信，就證明她母子平安無恙，只是她目前不方便現身。

這封信是完全用法文寫的，葉青虹在信中告訴他們程玉菲暫時已經沒事，提醒他們不要在黃浦逗留，儘快離開這裡，以免夜長夢多。

唐寶兒欣慰地告訴兩人道：「果然是青虹，一定是她幫忙解決了玉菲的問題。」

張長弓暗叫慚愧，到頭來還是人家葉青虹出手解決了麻煩。

麻雀道：「她為何不肯現身和我們相見？」

唐寶兒道：「青虹這次回來性情改變了許多，就算是和我也不像往日那般親密，我想應當是羅獵的離去對她的打擊太大。」

張長弓道：「葉青虹是個外冷內熱的人，就算她不肯現身相見，可是她仍然沒有忘了咱們這幫朋友。」

第四章

非常渺茫的事

葉青虹後悔了，早知如此就不應該如此逞強，
當初應該通知張長弓一聲的，
可畢竟尋找羅獵只是一件非常渺茫的事情，
他們若是問起，自己總不能說是因為平安的一個夢，
如果那樣做，周圍人一定以為自己瘋了。
葉青虹決定她還是要一個人走下去，不麻煩其他人。

麻雀點了點頭，此時她越發理解因何羅獵最後選擇了葉青虹。她提醒道：「陳昊東這個人心胸狹窄，這次回到黃浦就是為了報仇，我們還是小心為妙。」目光轉向唐寶兒道：「唐小姐，這次多虧了你。」

唐寶兒道：「說這種話就見外了不是？難道我不是你們的朋友？」

張長弓笑道：「不但是朋友還是酒友。」

唐寶兒咯咯笑了起來，她發現張長弓結婚後居然懂得幽默了。

麻雀道：「我不是這個意思，只是我不想因為這些事帶給你不必要的麻煩。」陳昊東和唐寶兒並無任何衝突，所以麻雀不想唐寶兒因為和他們走得太近而受到波及，畢竟陳昊東現在如同瘋狗，他會不擇手段地報復。

唐寶兒道：「我留在黃浦本來是打算和青虹見見面，好好敘敘舊，可她又不肯，所以我今年還是準備回北平過年了，你們不必為我擔心。」停頓了一下又道：「反而是你們要多多留意，青虹在信裡讓你們儘快離開這裡，還是別把她的話當成耳邊風。」

唐寶兒說完先行離去。

麻雀和張長弓一起去了巡捕房，等到了那裡，又聽說程玉菲已經獲釋，應該已經回家，兩人又驅車來到了程玉菲的住處，在那裡見到了獲釋後的程玉菲。

程玉菲已經回來兩個多小時，洗完澡換上一身嶄新的衣服，一個人坐在客廳內發呆。

麻雀一進門就忍不住抱怨道：「玉菲，可真有你的，回來都不知道說一聲，你知不知道我們有多擔心你？」

程玉菲歉然道：「是我不對，我只是想好好整理一下思路。」

麻雀道：「還整理什麼思路？能平安出來就好。」

程玉菲先和張長弓打了個招呼，雖然不知道細節，可也清楚張長弓這次前來黃浦也是為了營救自己，心中暗暗感激這幫朋友的仗義。發現瞎子沒有在場，忍不住道：「安翟呢？」

麻雀道：「他啊！有人把他列為殺害李焱東的嫌犯，目前東躲西藏呢。」

程玉菲皺了皺眉頭，想起李焱東和瞎子兩人是為了給自己洗清冤情去現場查案，所以才陷入了那麼大的麻煩，心中頓時感到過意不去。

張長弓道：「你不用擔心，我見過他，瞎子對黃浦比誰都熟悉，當年他犯了那麼大的事情，法租界公共租界所有的巡捕都動員起來去抓他，他一樣還不是逃了出去，放心吧，這廝逃命的本領誰都趕不上。」

麻雀將葉青虹的那封信遞給了程玉菲，程玉菲看完默然不語。

麻雀道：「現在你人沒事了，咱們還是儘快離開黃浦。」

程玉菲道：「如果我現在離開黃浦，劉探長的案子永遠無法查清，瞎子要永遠背負罪名東躲西藏。」

麻雀道：「留得青山在不怕沒柴燒，就算是查案也不能急於一時，雖然你現在被放了出來，誰知道他們會不會突然變卦，再把你給抓起來？」

程玉菲接下來的一句話讓所有人都沉默了下去：「白雲飛還活著！我在獄中的時候，見過他。」

張長弓和麻雀對望了一眼，白雲飛的名字顯然要比陳昊東更加震撼，他們和白雲飛都打過交道，這個人心機深沉，做事滴水不漏，能夠有把握戰勝白雲飛的只有羅獵。

還有一個更重要的問題，程玉菲被抓之後居然見到了白雲飛，顯然白雲飛和程玉菲被抓的事件有關。

程玉菲道：「我懷疑殺死劉探長的真凶是他。」

張長弓道：「他仍在通緝的名單中，怎麼敢公然露面？」

程玉菲閉上雙目，想起白雲飛那猙獰可怖的面孔，仍然心有餘悸，輕聲道：「我從沒有見過這麼可怕的人，我必須要制止他。」

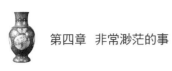

麻雀道：「可是……」

程玉菲重新睜開了雙眸，一字一句道：「沒有什麼可是，逃避是沒有用的，就算我們逃到天涯海角，他仍然不會放過復仇，我有種奇怪的感覺，他彷彿變了個人。」

葉青虹坐在北上的列車上，在解決程玉菲的事情之後，她就決定離開，她和羅獵曾經生活過的地方已經被炸得灰飛湮滅，以後只能在記憶中尋找往日的痕跡了。葉青虹心中並沒有太多的留戀，羅獵不在了，那個家還有多少存在的意義？她曾經寄希望於出現奇蹟，希望她回到黃浦的時候，羅獵已經回到了家裡，哪怕是他穿著黑袍站在小教堂前也好，然而一切終未發生。

火車過了長江之後就下起了雪，外面一片白皚皚的景色，長時間的看到這種景色會覺得單調，葉青虹拉上窗簾，感覺自己的心態已經改變了，再不像過去那樣，看到飄揚的雪花會產生浪漫的感覺，應該是缺少了羅獵的緣故。

兒子在床上還未醒來，望著兒子可愛的小臉，葉青虹懂得了當年蘭喜妹為何要堅持給羅獵生下女兒的原因，人若無牽掛，那麼對自己人生的選擇就會不同。

如果沒有這對兒女，自己必然會追隨著羅獵風裡來雨裡去，現在應當是一起失蹤吧？葉青虹理解羅獵的做法，可是她卻無法接受，直到現在都沒辦法接受，換成是自己，如果沒有羅獵，失去這個世界又有何妨？她從不想當什麼救世主，只想一家人開開心心地活著。權力如何？富貴又如何？可如今這麼簡單的要求對她已經成為奢望。

想起發生在黃浦家中的襲擊，葉青虹仍然有些後怕，當時如果不是兒子從夢中驚醒，她也不會及時覺察，當時顧不上細想，可是在事後葉青虹越想越是奇怪，平安居然有預知危險的本領。畢竟是自己和羅獵的兒子，骨子裡已經遺傳了來自於羅獵的優秀基因。

葉青虹望著兒子，心中暗暗想道，不久的將來兒子是否會成為像他父親一樣的英雄？

平安醒了，打了哈欠，揉了揉眼睛，葉青虹抓住他的小手，並不喜歡他的這個習慣，想要幫他糾正。

平安道：「媽咪，我做了個夢！下了好大的雪。」

葉青虹笑了：「傻孩子，不是夢，外面正在下大雪。」

平安拉開窗簾，看到外面漫天飛舞的大雪，開心得笑出聲來。

葉青虹道：「中午就到奉天了，可以好好吃一頓了。」

平安點了點頭，他又想起剛才沒有說完的話：「媽咪，我還沒說完，我夢到自己迷路了，走進了一片好大好大的樹林裡。」

葉青虹饒有興趣地聽著，對待兒女，傾聽也是一種極好的溝通方式。

平安說得繪聲繪色：「我找不到你，又冷又餓，大聲喊你的時候，突然從林子裡竄出來一頭大老虎，好大的老虎。」

葉青虹道：「你害不害怕？」

平安搖了搖頭道：「不怕……」

葉青虹正想誇他，卻聽平安又道：「不怕是不可能的，牠那麼大，我那麼小。」

葉青虹忍不住笑了起來：「你這臭小子，什麼時候學會說話大喘氣了。」平安現在的樣子像極了羅獵。

平安道：「那隻大老虎惡狠狠地盯著我，張著大嘴巴，嘴裡還流口水，牠跟我說，牠餓了好幾天了，要把我吃了。」

葉青虹聽得居然緊張了起來：「然後呢？」

平安道：「我跟牠講道理啊，我說你那麼大，我那麼小，你不能欺負小孩，還有，我那麼小，就算吃了我還不夠塞牙縫的。可是牠一點都聽不進去，衝上來就想咬我，我轉身就跑，沒跑遠就跌倒了。」

葉青虹暗歎，對孩子來說這個夢真算得上一個噩夢了，按照正常來推斷，兒子一定在摔倒後醒來。

平安道：「我以為這下一定被牠吃掉了，可是突然一隻銀色的狼衝了出來，牠跟那隻大老虎打了起來，打得好激烈，最後那隻銀狼把大老虎給打敗了，老虎逃了。」

葉青虹聽到這裡，整個人卻空前緊張了起來，低聲道：「銀色的狼？」

平安點了點頭道：「我本來以為牠要吃掉我，可是牠不但沒有那樣做，還趴了下去，讓我騎在牠的背上，把我送到了一個小木屋，媽媽和姐姐都在小木屋裡等著我。」

葉青虹美眸圓睜，她從未跟兒子說過蒼白山小木屋的事情，兒子說到狼的時候，她就想起了羅獵，羅獵在腦域中的投影就是一頭蒼狼，當平安說到小木屋，她整個人都激動得手足發麻，不過她很快就冷靜了下來，巧合，也許只是巧合，一個夢罷了，自己雖然沒有跟他說過，可小彩虹應該給他講過當年一家三人在蒼白山小木屋中生活的事情。

葉青虹道：「後來呢？那頭好心的狼去了哪裡？」

平安道：「牠把我放在木屋門口，我抱著牠不想讓牠走，牠哭了……」說著說著他鼻子一酸居然流下了眼淚。

葉青虹展開臂膀將兒子抱入懷中：「你還記得牠長得什麼樣子嗎？」

平安點了點頭，他忽然道：「對了，牠脖子上掛著一條護身符。」因為他自己有一個護身符，所以小平安認為所有掛在脖子上的都是護身符。

「什麼樣的護身符？」

平安在滿是霧氣的車窗上一筆一劃地畫了一個小方盒子。

葉青虹盯住那小方盒子，這小方盒子並沒有什麼特別，可是葉青虹卻不由得聯想到羅獵從不離身的紫府玉匣，難道兒子所繪製的就是紫府玉匣？單單是一個小方盒子說明不了太多的問題。

平安畫完這小盒子之後，想了想，又在上面畫了一個符號。

葉青虹看清這個字的時候，整個人完全被震驚了，因為平安所寫的是一個獵字，如果是普通的字體，葉青虹也不會感到如此詫異，因為平安所寫的是夏文，葉青虹認得幾個夏文，不外乎他們一家的名字，還是羅獵教給她的，只覺得這夏文晦澀難懂，她從未教過平安，小彩虹對夏文也是一竅不通，更談不上去教平安。

這麼複雜的一個字，平安居然能夠寫得清清楚楚絲毫不差，用巧合已經無法解釋了。葉青虹並不是一個迷信的人，可從黃浦家中平安提前感知到危險，現在又說出了羅獵在腦域中的意識投影，畫出紫府玉匣的樣子，甚至連羅獵的獵字都用夏文寫得絲毫不差，難道是羅獵托夢給兒子？葉青虹用力搖了搖頭，就算羅獵已經失蹤了三年，可是她從不相信羅獵會死。

她和羅獵有過不止一次死裡逃生的經歷，羅獵的睿智和勇敢，在關鍵時刻的冷靜決斷，在她心中羅獵是無所不能的，任何人都無法戰勝他。

羅獵的意識非常強大，過去就有過利用意識進入他人腦域傳遞資訊的經歷，難道他這次又通過這樣的辦法進入了兒子的腦域？葉青虹覺得有些奇怪，自己和兒子在一起，如果真要是這樣，羅獵因何不選擇進入自己的腦域和自己交流？可如果不是通過這種方式，兒子又是從何處學會了這個字？

對平安來說，只不過是做了一個夢罷了，他並沒有放在心上，很快就開始在起霧的窗戶上畫畫。葉青虹提醒他去洗漱，然後吃飯。

平安吃飯的時候，葉青虹又拿出自己給羅獵繪製的油畫，面部仍然是空白一片，葉青虹歎了口氣，心中暗忖，等到了奉天，她先抽時間將這幅畫重新畫好，這陣子她一直都在考慮一個問題，為何羅獵的影像會消失。

按照常理就算一個人死了，他的照片仍然會留在這個世界上，絕不會出現像羅獵這樣，所有的影像同時消失的狀況，除非將一個人從這個世界甚至整個歷史的時間線中移除，即便如此，畫像也不應該消失？

葉青虹在羅獵的影響下看了不少的科學論著，其中就有愛因斯坦的相對論，可這樣的怪事就算是愛因斯坦本人恐怕也無法解釋清楚。

平安吃完了飯，擦了擦嘴道：「媽咪，過年可以放炮嗎？」

葉青虹笑道：「當然可以。」

平安道：「我聽姐姐說，過去過年的時候，爸爸都會帶她放炮貼春聯，還逛廟會。」

葉青虹抿了抿嘴唇，一時間不知說什麼才好。

平安道：「爸爸還從來沒有帶我去玩過呢。」言語中透著期待和委屈。

葉青虹摸了摸他的頭頂道：「等爸爸回來，讓他好好陪著你。」

平安點了點頭，小手打開護身符，葉青虹暗自歎了口氣，護身符內羅獵的照片早已變成了空白，兒子看到只怕又要失望。卻聽平安道：「爸爸，你一定要回來啊！」

葉青虹聽到兒子這樣說，眼淚又差點掉下來，她轉過身去，生怕被兒子看到。

平安道：「媽咪，爸爸的照片為什麼變成了棕色的。」

葉青虹內心一怔，她明明記得當時羅獵的影像從所有照片中都消失了，她讓平安將護身符遞過來，定睛一看，卻見護身符上的照片竟然神奇出現了，的確是那種歲月泛黃的棕黃色。葉青虹趕緊打開行李箱找出相冊，奇怪的是，其他的照片仍然找不到羅獵的身影。葉青虹相信自己的記憶力，自己絕不可能記錯，當晚護身符內的照片明明和其他一樣都消失了，怎麼又突然出現了？聯想起平安此前的種種表現，葉青虹忽然產生了一個讓她激動的想法，羅獵應該已經回來了，他正在通過某種方式不停地傳遞信號，出於某種原因，他只能將信號傳遞到跟他血脈相連的兒子身上。

葉青虹迅速整理著思路，假如平安所得到的一切資訊和小彩虹無關，那麼他小腦袋瓜裡面的資訊就全部得自於羅獵。

蒼狼、大老虎、樹林、木屋，難道羅獵在蒼白山？

葉青虹因這個想法而心跳加速，她的血液就快要沸騰。可是如果羅獵已經回來，因何不現身和家人相見？難道他遇到了麻煩？葉青虹越想這種可能性越大。

「媽咪，你怎麼了？」平安被葉青虹如癡如醉的樣子嚇著了。

葉青虹搖了搖頭，緊緊將兒子抱住，低聲道：「謝謝你，寶貝！」

鐵娃已經是個彪形大漢了，前年成了親，去年還添了一對雙胞胎男娃，本來他在黃浦幫忙，可他總不習慣南方的氣候，在結婚後乾脆回到了奉天，這裡有羅獵的一間木器廠，依著葉青虹的意思應該早點將棺材鋪給轉賣了，可羅獵認為這畢竟是羅家的產業，於是就保留了下來，在羅獵失蹤後，葉青虹更懶得過問這邊的事情。

鐵娃結婚的時候，葉青虹將這邊的物業都交給他管理。

葉青虹的突然到來讓鐵娃喜出望外，他前兩天才接到師父的電報，張長弓在事情暫時平定之後，詢問鐵娃這邊的情況，其實張長弓也動了回滿洲看看的念頭。

鐵娃並不知道葉青虹抵達黃浦並未和其他人相見的事情，他將葉青虹母子兩人請到了屋裡，又讓婆娘抱著一對雙胞胎給葉青虹看了看。

葉青虹笑道：「真是想不到鐵娃都有娃娃了。」

鐵娃紅著臉道：「嬸子，我今年二十五了。」

葉青虹感歎道：「時光荏苒，不知不覺過去了那麼多年，我都老了。」她也

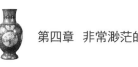

過了而立之年，雖然容顏未老，可內心卻早已疲憊不堪。

鐵娃道：「嬸子，您可不老，對了，我羅叔有消息沒？」

葉青虹搖了搖頭，如果在過去別人提起這件事，葉青虹肯定心中不快，可因為平安帶來的希望，她的心情好了許多。

小平安在一旁逗弄著兩個一模一樣的小娃娃，他盯著看了好半天方才看出兩個娃娃的區別，樂呵呵跑了過來道：「媽咪，兩個弟弟，一個酒窩在左邊一個在右邊。」

鐵娃也樂了：「平安兄弟，你應該叫他們侄子才對，你是他們的叔叔。」

平安撓了撓頭，心中頗為費解。

葉青虹笑道：「這孩子對輩分還沒什麼概念。」

鐵娃道：「大了就知道。」

葉青虹道：「鐵娃，有幾句話我想單獨跟你說。」

鐵娃應了一聲，跟著葉青虹來到了院子裡，羅氏木器廠雖然名字還是木器廠，可現在已經不再做棺材了，院子裡堆放著不少的木材。

葉青虹道：「我記得你是蒼白山本地人。」

鐵娃道：「是啊，過去就住在楊家屯，二道嶺和黑虎嶺之間，屯子被飛鷹堡的土匪給燒光了，是羅叔和我師父救了我。」

葉青虹正想說出自己的想法，此時屋裡傳來孩子的哭聲，鐵娃的媳婦叫他回去幫忙，葉青虹望著鐵娃匆匆回去的身影，又打消了念頭，鐵娃兩個孩子年齡尚幼，現在眼看又要過年，如果讓鐵娃給自己當嚮導，實在有些不近人情。

鐵娃很快就回來了，他向葉青虹笑著解釋道：「兩個娃娃煩得很，同時換尿布，我媳婦一個人都忙不過來。」

葉青虹道：「怎麼不請個保姆照顧？」

鐵娃道：「嬸兒，我窮苦出身不習慣那個。」他想起葉青虹剛才還沒把話說完，問道：「嬸兒，您剛才想說什麼？」

葉青虹淡然笑道：「沒什麼事情，就是來這邊看看你們，還有啊，我應該在奉天過年。」

「那敢情好啊，我師父說他也可能回來，不過又說要看黃浦那邊的情況再定。」

葉青虹叮囑道：「我這次過來沒有跟其他人說過，你對任何人不要提起我們娘倆的事情。」

鐵娃道：「您放心吧，我保密。」

葉青虹最終決定自己帶著平安前往蒼白山，她不忍心這種時候讓鐵娃離開，她已經嘗夠了親人分別的痛苦，不想鐵娃一家也像自己一樣，雖然只是暫別。

葉青虹帶著平安在奉天住了一夜，雖然她這裡有一棟別墅，可是出於安全考慮她並沒有選擇前往，再說那別墅已經長期無人居住。

第二天一早，葉青虹和兒子一起去別墅的車庫取車，車輛已經閒置了太久，葉青虹花費了半個小時啟動，又花費了整整一個上午去維護保養，素來愛潔的她穿著粗布衣褲，身上沾滿了油污。

小平安樂顛顛地在一邊幫忙，圓乎乎的小臉上也沾了不少的油泥。

葉青虹望著兒子笑了起來，她這三年加起來笑得都不如這兩天多，因為她終於看到了希望。

葉青虹再度啟動了汽車，她將準備好的武器和行裝全都放在了車內。羅獵離開的三年，她變得越發獨立自強，她不需要假手任何人，還有兒子陪著她。

葉青虹驅車出門的時候，看到一個高大魁梧的身影就站在門外，鐵娃穿著棉大衣，身後還背著鋪蓋捲兒，逆光站著，向葉青虹露出一個憨厚爽朗的笑容：「嬸兒，您去哪裡？要不要我給您帶路？」

葉青虹正想拒絕，鐵娃已經拉開了車門，坐在了後座，他向小平安擠了擠眼晴道：「哥陪你一起去好不好？」

小平安開心地拍著手掌道：「好，當然好！」

葉青虹道：「你不老實在家陪老婆孩子，跟著我們出來幹什麼？」

鐵娃道：「嬸兒，您昨天去的時候我就知道您一定有事找我，可您後來沒說，我琢磨著如果不是重要的事情，您肯定不會來找我，於是就跟我媳婦說了一聲，我媳婦雖然沒什麼見識，可她還算通情達理，她說了，只要你們遇到了事情，我隨時都可以走。」

葉青虹心中暖融融的，她向鐵娃道：「你家裡還有兩個孩子呢。」

鐵娃道：「我把岳父母請過去幫忙照顧了，嬸兒，您昨兒問我蒼白山的事情，是不是打算去蒼白山？」

葉青虹笑了起來，自己的目的果然被這小子看穿了，她點了點頭道：「是！」

鐵娃道：「眼看就要過年了，您為什麼要挑這個時候過去？」

葉青虹沒有馬上回答：「你猜啊！」

鐵娃道：「去馬家屯天福客棧？」在他看來葉青虹很可能是要帶著小平安去當年他們一家一起過年的地方。

葉青虹道：「可能會經過吧。」

鐵娃愕然道：「嬸兒，您知不知道這個季節大雪封山，想要進山通常要等到春暖花開冰雪融化之時，平安還這麼小，您難道打算帶著他進山？」

葉青虹心中的確捨不得讓小平安跟著吃苦受罪，可是小平安卻是唯一能夠感受到羅獵資訊的，如果把小平安留給其他人照顧，恐怕會錯過重要的資訊，更何況她也不放心交給其他人。

葉青虹道：「鐵娃，我不瞞你，你羅叔很可能就在蒼白山。」

鐵娃聽到這個消息整個人頓時激動了起來，在他心中對師父張長弓是尊敬，對羅獵卻是崇拜，可以說羅獵是他的偶像。他的聲音都顫抖了起來：「嬸兒，那就去唄，不過等到了馬家屯，你和平安留在那裡，我一個人進山，只要您告訴我地點，我準保把我羅叔找回來。」

葉青虹沒有將所有的實情都告訴鐵娃，她輕聲道：「只是可能，你也不要抱太大的希望。」

鐵娃道：「只要有一線希望我就會去，嬸兒，咱們這就走。」

想到進山可能會在年前無法歸來，鐵娃讓葉青虹開車經過他家門口的時候停了一下，又去跟妻子道了個別，畢竟離家這麼久，還是要交代一聲。

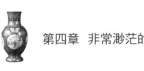

葉青虹有些歉疚，總覺得在這種時候讓鐵娃離家是自己的不對，可是一想到要進入大雪飄搖的蒼白山，如果沒有鐵娃引路，單憑著他們母子二人恐怕會危險重重，或許還沒等找到羅獵，他們就先迷失在蒼白山中了。

談到對蒼白山的熟悉，除了張長弓就數鐵娃了。

鐵娃也提出應該將這件事告訴張長弓，畢竟多一個人多一個幫手，可葉青虹仍然堅持不要聲張這件事，畢竟目前還沒有確切的消息，或許他們此行的結果一無所獲。

當天葉青虹驅車來到了白山，天公作美，這一路天氣晴好，雖然道路結冰，可是葉青虹嫻熟的駕駛技術應付冰雪路面綽綽有餘。

鐵娃提議在白山休整一天，雖然葉青虹自認為做了充足的準備，可這在鐵娃看來進山還是不夠的，接下來的路程已經無法繼續開車前行，需要購置新的裝備。

鐵娃去市場上買了兩頭麋鹿和扒犁，在雪野行走能夠派上用場。

蒼白山最近的匪患好了許多，自從遁地青龍岳廣清聯手黃光明他們幹掉了琉璃狼鄭千川，狼牙寨的土匪也被嚴令不得滋擾周圍的百姓，滿洲日寇猖獗，岳廣清率領狼牙寨的部下這幾年都在遊擊抗日，讓日本人很是頭疼。

他們搶劫日方的軍火物資，還將搶來的糧食日用品去救濟周圍百姓，所以過去讓周圍百姓聞風喪膽的狼牙寨口碑也漸漸開始逆轉。

葉青虹對滿洲的情況還是有過瞭解的，過去南滿徐鐵山親日，北滿張同武親俄，可自從張同武遇害之後，張凌峰接受了軍權，北滿也就失去了過去的血性，風傳張同武是被日方所暗殺，張凌峰在事後也的確公開表示要為父報仇，誓死抗日，保護百姓的話，可隨著時間的推移，他似乎忘了身負的血海深仇，非但沒有和日方決裂，反而和日方的關係變得空前融洽起來。

隨著日方對滿洲侵略的不斷深入，兩大軍閥又都不肯正面抗擊，相比較而言，昔日以搶劫為生，四處滋擾百姓的這幫山賊反倒成為了抗日主力，他們利用對蒼白山周圍地形的熟悉和日寇展開了遊擊戰。

日方對此頗為頭疼，幾次圍剿都以失敗告終，本來年前還籌畫了一次大圍剿，可因為今冬天氣突變，大雪封山，所以只能作罷，要想進行下次圍剿也要等到冰雪消融了。

翌日清晨，在鐵娃的帶領下，他們三人分別乘著兩輛扒犁在麋鹿的牽拉下向蒼白山深處挺進。

按照鐵娃的意思，他們最好在馬家屯打個尖，可葉青虹認為中途停留點太多容易引人注目，畢竟越少人關注才越安全。

進入山區沒有多久，一場大雪不期而至，葉青虹放眼望去，到處都是白茫茫的一片，如果沒有指南針指引方向，她根本分不出東西南北，幸虧有鐵娃帶路，不然恐怕她已經迷路了。

雖然雪下得很大，可鐵娃並未提出停下躲避風雪，這也是葉青虹的要求，小平安裹得嚴嚴實實的，非但沒有被這場風雪嚇怕，反而對這次難得的歷險產生了濃厚的興趣。

在風雪中行進了兩天一夜，中途只在廢棄的伐木場休息了四個小時，鐵娃帶著他們來到了楊家屯。

楊家屯多半已經化成了一片焦土，還是鐵娃幼年的時候，楊家屯被飛鷹堡的土匪血洗，幸虧羅獵和張長弓他們來此方才保住了鐵娃和幾位老人的性命，如今那些老人都已經離開了人世。

鐵娃找了間還算完整的房屋，生好火，幫著葉青虹將裝備拿進去，他在旁邊找到了一間房屋，帶著麋鹿住進了裡面。鐵娃向葉青虹道：「嬸兒，您今天早點休息，這風雪估摸著還得持續幾天，明天看情況咱們再往裡面去。」

葉青虹將地圖遞給鐵娃道：「距離這個地方是不是不遠了？」

鐵娃其實已經將地圖看了無數遍，葉青虹所說的地方是當年她和羅獵小彩虹隱居的所在，和楊家屯的直線距離不到二十里，可現在大雪封山，許多道路都已經徹底斷了，鐵娃讓他們母子倆在這裡休息的目的也是不想他們多走冤枉路，自己去探探路，選擇一條可行的道路再繼續出發。

鐵娃先去林中的亂墳崗，那裡埋葬著他的奶奶和鄉親們，鐵娃每年清明都會來這裡一趟，燒紙上供之後，鐵娃趁著天亮前去探路。

經歷了兩天一夜的奔波，葉青虹的確有些累了，她抱著兒子，坐在火堆旁迷迷糊糊睡去，醒來發現外面天已經黑了，火就快熄滅，葉青虹慌忙添了把柴，將火重新燃了起來，不過她畢竟不擅長生火，搞得濃煙滾滾，母子倆都被嗆得連番咳嗽。

好不容易才將火堆搞定，葉青虹出門去叫鐵娃，發現鐵娃還沒有回來，外面的風雪卻越來越大了，她難免有些擔心，可又不能拋下孩子去找鐵娃，再說鐵娃對周圍的環境要比她熟悉得多，葉青虹先給孩子弄了點吃的，看到平安狼吞虎嚥的吃飯，她有些心疼：「平安，冷不冷？」

平安搖了搖頭道：「媽咪，不冷，我身體棒著呢。」

葉青虹道：「你有沒有夢到什麼？」

平安搖了搖頭：「睡得好香，沒做夢。」

葉青虹有些失望，心中暗忖，興許這次等待他們的是又一次失望，就因為兒子的一個夢，所以她就頂著風雪跑到了這深山老林，羅獵啊羅獵，你知不知道我等得好苦，我有多想你，你如果能夠感覺到，你回來好不好？

最近幾日瞎子都在到處躲藏，不過程玉菲獲釋之後，巡捕房似乎把他的事情給忘了，明顯放鬆了對瞎子的搜捕力度，瞎子決定離開黃浦。趁著夜色籠罩，他來到了火車站，和過去的戒備森嚴相比，現在火車站也沒看到幾名巡捕的身影，瞎子在候車室見到了張長弓。他先是警惕地向周圍看了看，然後抽出一支煙，來到張長弓身邊，裝出借火的樣子。

張長弓看到包裹嚴實的瞎子就像是一個棉球，不由得笑了起來。

瞎子瞪了他一眼：「笑個屁啊？」

張長弓取出火柴幫他將香煙點上，瞎子抽了口煙，低聲道：「車票呢？」

張長弓掏出車票遞給他，瞎子看了看，發現車票並非是前往花都，始發站沒錯，可終點站卻是奉天，原定計劃是他前往花都，然後坐船去香江，從那裡返回南洋，瞎子皺了皺眉頭道：「你有沒有搞錯？我是要往南！」

張長弓道：「沒錯啊！」

瞎子怒道：「你不識字嗎？」

張長弓道：「我接到鐵娃的電報，葉青虹母子去了奉天。」

瞎子道：「人家來黃浦都不肯見咱們，咱們巴巴地去奉天幹什麼？該不見還是不見，葉青虹這個人很好強，咱們何必惹她不痛快呢？」

張長弓道：「你聽我說完，她帶著孩子去奉天是找鐵娃當嚮導的。」

瞎子愣了：「嚮導？去哪兒啊？該不是蒼白山吧？我天！現在這天寒地凍的，蒼白山整天下雪，只怕已經封山了，平安那麼小，她是不是有毛病啊？」

張長弓道：「她不讓鐵娃說，可鐵娃擔心此行會有危險，畢竟蒼白山那個地方凶險重重，不怕豺狼虎豹，可怕的是未知的危險。」

瞎子點了點頭道：「那地方的確透著古怪，真是麻煩，她好端端地跑那裡去幹什麼？難道是思念過度頭腦都不正常了？」他嘴上這麼說，可心裡也擔心葉青虹母子。畢竟平安是羅獵的親生骨肉，才三歲的孩子，葉青虹怎麼忍心呢。

張長弓道：「無論你去不去，反正我是得趕過去。」

瞎子瞪了他一眼道：「是人話嗎？一個是我弟妹，一個是我侄子，我當然要去。」

張長弓道：「其實你去不去也頂不上太大作用。」

「我呸！」

兩人來到月台，發現早有一人在那裡等著，瞎子認出是女扮男裝的麻雀，他苦著臉道：「你這又是哪一齣啊？」

麻雀道：「別忘了，我們可是獵風小組的。」

瞎子道：「獵風？風沒獵著，自己都成瘋子了。」

鐵娃直到晚上十點方才歸來，葉青虹聽到外面的動靜，先從門縫中謹慎地看了看，借著雪光看清是鐵娃回來，這才放心，她拿著手燈出了門，又馬上將房門關上。

鐵娃看到燈光，走過來向她笑了笑道：「嬸兒，我還以為您早就睡了，吵醒您了。」

葉青虹道：「怎麼去了那麼久？」

鐵娃道：「我去探路了，幾條道路全都被風雪給封上了，我知道您急著進山，所以儘快找到路，看來只有等到明天了，不過就算找到了路，咱們也要等這場暴風雪過去，不然實在太危險了。」

葉青虹雖然心急，可也明白現在冒險進山不但是對自己不負責任，也是對兒子和鐵娃不負責任的行為，她點了點頭道：「欲速則不達，既然已經到了這裡，咱們也不必急於一時，鐵娃，你也累了一天，早點去休息吧。」

鐵娃應了一聲，他向葉青虹恭敬告辭。

葉青虹回到房內，又往火堆上添了把柴，從剛開始添柴被熏得眼淚直流，到現在已經開始得心應手了，望著身邊熟睡的平安，她心裡就充滿了安慰，如果沒有兒子在身邊，真不知道要怎麼熬下去。

葉青虹最近時常失眠，因為想著羅獵的事情，也因為擔心火堆會熄滅，所以她這一夜都沒怎麼睡好。

清晨葉青虹早早起來，準備早餐，喊鐵娃一起吃飯，鐵娃其實也早就醒了，他去村子裡轉了一圈，又有新的發現，村子西北角有間破破爛爛的房子，雖然外表不怎麼樣，可裡面有一張完好的火炕。

大雪伴隨著極劇降溫，單憑著現在的裝備，恐怕小孩子熬不住，鐵娃將火炕升起，讓葉青虹和平安搬過去住。

葉青虹帶著平安過去的時候，外面的雪都已經沒到了膝蓋，這讓葉青虹越發擔心，如果找不到進山的路，那麼這次前來尋找羅獵的計畫就完全落空了，如果大雪將周圍的山路全都封住，想要進去可能要等到春天到來，葉青虹心急如焚。

鐵娃當天繼續去探路，下午時分雪更大了，鐵娃不敢在外面逗留太久，天剛黑就返回，這也是葉青虹叮囑他這樣做的。

葉青虹從鐵娃的表情就知道這一趟又是徒勞無功，心中不由得有些焦躁，如果雪不停地下，他們可能要困在楊家屯了。

鐵娃從葉青虹手中接過一杯熱茶，喝完之後道：「我看這雪還得下幾天。」

葉青虹道：「有沒有找到進山的路？」

鐵娃搖了搖頭，面帶愧色道：「都怪我沒用，要是我師父來就好了。」

葉青虹其實也有些後悔了，早知如此就不應該如此逞強，當初應該通知張長弓一聲的，可畢竟尋找羅獵只是一件非常渺茫的事情，他們若是問起，自己總不能說是因為平安的一個夢，如果那樣做，周圍人一定以為自己瘋了。葉青虹好強的性情決定，她還是要一個人走下去，能不麻煩其他人的事情儘量不去麻煩。

葉青虹看到雪似乎小了一些，無意中掃過鐵娃的面孔，鐵娃有一個明顯迴避她目光的動作，葉青虹內心中頓時生出疑竇，她不露聲色道：「這雪我看著要停啊。」

鐵娃道：「是嗎？」

葉青虹道：「你是住在楊家屯的，難道你師父比你這個當地人還要熟悉這周圍的環境？」

鐵娃被葉青虹一問，頓時就有些尷尬了，一時間不知如何作答。

葉青虹道：「鐵娃，你是不是有什麼事情瞞著我？」

鐵娃慌忙道：「沒……沒有……」可他不善說謊，尤其是在葉青虹的面前，說話的時候臉已經紅了。

葉青虹這下更斷定他有事情瞞著自己，轉身道：「明兒你就自己回去和家人團聚吧，我們娘兒倆勞不起你的大駕。」

鐵娃頓時慌了神：「嬸兒，我……我錯了……我……我把咱們來蒼白山的事情電報給了師父，我還讓他儘快趕來幫忙。」

葉青虹停下腳步。

鐵娃道：「千錯萬錯都是我的錯，我覺得這蒼白山不太平，擔心我一個人保護不了嬸子和平安，所以我才……」

葉青虹打斷他的話道：「別說了，你去休息吧，等明兒一早，你自己回吧。」

鐵娃道：「嬸兒，嬸兒……」眼看著葉青虹回了屋，將房門關上。鐵娃在雪地裡又呆立了一會兒，他發那封電報完全是好意，畢竟這世道不太平，他也擔不起那麼大的責任。

連綿幾天的大雪在半夜時分就停了，鐵娃早早起來先觀察了一下周圍的狀況，他是擔心葉青虹脾氣上來早起自行離開，發現葉青虹娘倆仍未出門，這才放心，餵了牲口之後，準備早飯。

發現葉青虹已經在廚房內生火了，鐵娃站在門口不敢靠近。

葉青虹知道他到了，輕聲道：「來了？」

鐵娃忙不迭地點了點頭道：「嬸兒早，昨天的事情都是我不對，我不該瞞著您……」

葉青虹道：「算了，我也不是什麼好脾氣，再說你也是為我們娘倆著想。」

鐵娃聽她語氣緩和，看來是氣消了，稍稍放下心來。

葉青虹道：「吃過早飯咱們就出發吧。」

鐵娃道：「嬸兒，我估計師父他們就快趕來了。」

葉青虹道：「雪停了，如果我們不趁著這時候儘快趕路，一旦再下起雪來還不知要耽擱多久，我仔細想過，你既然跟他們說過了，此事也只好如此，這樣，我們先去木屋，到那裡等著他們就是。」她停頓了一下又道：「當然，如果你不想陪我們一起過去，自己留下來等他們。」

鐵娃道：「嬸兒，您既然這麼說了，咱們就先去，不過這一路可不好走。」

葉青虹之所以如此心急，還是因為羅獵的緣故，她總覺得羅獵可能處於危險之中，而且自從平安夢到蒼狼之後，已經多日沒有再提起過關於羅獵的任何資訊，葉青虹越發焦急起來，她擔心如果不能及時找到羅獵，可能會永遠錯過機會。

鐵娃並不知道其中的真正原因，只是認為葉青虹太過好強，不過他也不敢違背葉青虹的意思，在早飯之後，準備行裝，向蒼白山深處繼續前進。

他們已經深入蒼白山的腹地，葉青虹很快就明白，鐵娃沒有誇大其詞，幾條山路都已經被大雪封住，鐵娃選擇的這條道路必須經由黑松崖攀爬而上，繞過積雪封堵的路段。

那幾條路段的積雪最深處已達六米，想要從正面通過並不現實。

鐵娃將兩頭麋鹿留在了楊家屯，畢竟從楊家屯到黑松崖的這段路已經派不上用場。鐵娃讓葉青虹和平安在崖下等著，他先行爬到了黑松崖上，找到合適的大樹固定，然後放下繩索。

葉青虹背著平安抓著繩索爬到中途的時候，天空又開始飄起了雪花。

鐵娃從上面已經看不到下方兩人的身影，他大聲道：「嬸兒，沒事吧？」

葉青虹的聲音從下面傳來：「沒事，你安心等著。」

鐵娃又去檢查了一下繩索，確信結繩沒有問題，準備回到崖邊接人的時候，卻看到遠方有個朦朧的黑影，鐵娃內心咯噔一下，他迅速掏出了彈弓。黑影移動緩慢。

鐵娃首先想到了黑瞎子，可現在是嚴冬臘月，黑瞎子大都處於冬眠之中，反正鐵娃在蒼白山從未見過甚至聽說過在大冬天跑出來覓食的黑瞎子。

一陣寒風吹過，將雪花激揚而起，鐵娃的視野瞬間變得清晰，他看得真切，那黑影根本不是什麼黑瞎子，而是一頭黑虎，通體漆黑的一頭猛虎！鐵娃在蒼白山見過老虎多次，可是從未見過通體漆黑的老虎。

這頭黑虎的體型比起尋常的老虎還要大上一圈，周身毛色油光發亮，吊睛環眼，綠光閃爍宛如兩顆綠色的寶石。

鐵娃吞了口唾沫，黑虎周身的肌肉突然緊繃，虎頭向下微低，擺出了攻擊的架勢。鐵娃大吼道：「嬸兒，回去，趕緊回去！」他的話已經晚了，葉青虹此時背著平安已經爬到了懸崖邊緣。

鐵娃拉開彈弓，照著黑虎就是一顆彈丸射出，他這張彈弓得自於西夏王陵，也是不可多得的寶貝，全力射出，其速度絲毫不次於子彈，鐵彈丸正中黑虎的額頭，發出梆的一聲悶響，黑虎皮肉堅韌，這彈丸雖然沒能將牠重創，也打得牠頭疼不已，黑虎被鐵娃的這次攻擊激怒，發出一聲低沉的虎吼，宛如一道黑色的閃電向鐵娃衝了過去。

鐵娃現在的目的就是要吸引黑虎的注意力，以免牠發現從懸崖正在爬上來的葉青虹母子。只是這頭黑虎的速度驚人，鐵娃自問逃跑的速度已經不慢，可轉瞬之間黑虎就已經拉近了一半的距離。

鐵娃不敢回頭，單從後方黑虎的腳步聲已經能夠判斷出彼此間的距離在飛速拉近，鐵娃奮力撲向前方的雪松，他從小就爬樹掏鳥，身法敏捷宛如靈貓。鐵娃剛剛爬上雪松，黑虎已經來到樹幹前，後腿蹬地，猛然向上一躍，前爪竭力伸出，只差一指的距離就觸碰到鐵娃的足跟。鐵娃抓住枝丫攀爬上去。

還好黑虎不會爬樹，黑虎接連騰躍兩次未能擊中鐵娃，頓時凶性被激起，怒吼一聲，以身體撞擊在樹幹上。

鐵娃仍在向上攀爬，不料雪松在黑虎的撞擊下劇烈抖動起來，鐵娃一把沒有抓住樹枝，腳下一滑失足墜落，危急之中，他雙手抱住了一根樹枝，還未來得及慶幸，墜落的力量太大，樹枝從中斷裂，鐵娃的身體繼續向下落去。

那黑虎全速衝了上來，鐵娃暗叫不妙，自己看來要命喪今日了。

生死關頭，葉青虹端起衝鋒槍瞄準了黑虎，密集的子彈射向黑虎，黑虎身上連中數槍，牠嚎叫了一聲，轉身逃入雪松林，雪地上留下了幾點血跡。

鐵娃驚魂未定地從雪地上爬起，如果葉青虹再晚來一刻，恐怕他就要成為黑虎的腹中美餐了。

葉青虹道：「有沒有事？」

鐵娃搖了搖頭，這會兒還沒有回過神來。

葉青虹身後的平安道：「大老虎，大老虎！」小孩子居然不懂得害怕，反而顯得非常興奮。

葉青虹搖了搖頭，向鐵娃道：「儘快離開這裡。」

鐵娃收拾好東西，在雪中辨明了方向，他們換上雪鞋，進入雪松林，深一腳淺一腳地走著，按照他們目前的速度，天黑前能夠抵達木屋就算不錯。因為中途遭遇了黑虎襲擊，所以他們都變得異常警惕，武器也不敢離手。

鐵娃道：「我長那麼大，還是頭一次見到毛色純黑的老虎。」

葉青虹道：「別說你沒見過，我也是頭一次，只怕這種老虎世界上也不多見。」

鐵娃道：「牠死了嗎？」

葉青虹搖了搖頭，雖然她擊中黑虎數槍，可是從雪地上留下的血跡來看，黑虎失血不多，受傷應該不重。多半動物都擁有著強大的報復心，如果黑虎沒死，牠十有八九還會捲土重來。

大概是想減輕目前這緊張的氣氛，鐵娃笑道：「那張皮是真的不錯，嬸兒，您回頭開槍的時候儘量瞄準牠的頭部，別壞了那張皮子。」

葉青虹沒說話，平安道：「大老虎，我見過！」

鐵娃笑了起來：「你見過？兄弟，你在哪兒見過？」小孩子說話當不得真。

平安道：「夢裡見過！」

鐵娃又笑了起來，這小子居然知道戲弄自己。

葉青虹卻知道平安沒有戲弄鐵娃，他的確是在夢中見過大老虎，葉青虹道：「你夢到的老虎不是黑色的吧？」

平安用力點了點頭道：「就是黑色！」

葉青虹的心中又泛起漣漪，看來兒子夢中的情景一一驗證了。

平安又道：「不怕的，會有人保護我們的。」

鐵娃被他的樣子給逗笑了，想起黑虎出現的時候自己嚇得不輕，膽色居然還不如一個小孩子。

雪越來越大，沒有停息的跡象，雖然如此，他們也不敢中途停下，生怕在天黑前無法抵達木屋，萬一被黑虎趕上肯定會更加麻煩，這一路有驚無險，天黑之前總算趕到了目的地。

第五章

兒子的一個夢

瞎子說去睡，可並沒有走開，
這會兒又湊了過來：「弟妹，這大過年的你來這裡幹什麼？」
葉青虹被瞎子問住了，雖然她有足夠的理由，
可是這理由不能說，如果她告訴他們自己為了兒子的一個夢
就不辭辛苦來到蒼白山腹地，他們會不會相信？

葉青虹離開這個地方已經九年，昔日滿載美好回憶的木屋因為長期無人維護，如今已經被積雪壓塌，不過對面的柴房還算完整，可以暫時用來躲避風雪。

鐵娃讓葉青虹別忙著進去，他先檢查了一下柴房是否堅固，又清理了柴房上方的積雪，這才讓葉青虹母子進去。葉青虹讓他也進去避雪，鐵娃卻堅持在外面守著，利用坍塌的木屋和周圍的雪松搭起了一個臨時的窩棚。

柴房也是四處漏風，葉青虹將平安裹得嚴嚴實實，面前守著火堆仍然感覺寒意陣陣。眼前的情景讓她不由得想起昔日和羅獵小彩虹在這裡生活的情景，葉青虹暗忖，也許這次的到來是徒勞無功，已經過去的歲月再不可能從頭。

鐵娃趴在窩棚裡，雖然又累又乏，可是他卻連一刻都不敢休息，憑著一個獵人的直覺，他預感到那頭黑虎極有可能尾隨而至，鐵娃拜張長弓為師，這些年也隨同羅獵他們經歷了無數冒險，見識過種種用常理難以解釋的怪事。

鐵娃不怕辛苦，他既然答應為葉青虹帶路，就應當承擔起照顧這對孤兒寡母的責任，如果羅叔叔在就好了，鐵娃暗暗想著，其實他們私下裡都談論過羅獵的事情，甚至連師父張長弓都認為可能這次羅獵永遠不會回來了，畢竟如果羅獵戰勝了風九青，那麼他沒理由拋妻棄子那麼多年，以他重情重義的性情是絕對不會做出一走了之的事情。

半夜的時候雪停了，鐵娃蜷曲在侷促的窩棚內手腳都有些麻痹，他去外面生起一堆火，坐在火堆旁，一邊烤火，一邊默默守護著柴房內的那對母子。鐵娃盼望著師父能夠早點到來，在危機四伏的蒼白山，他一個人很難保證葉青虹母子的安全，這並不意味著他害怕，他的這條命當初是羅獵救下的，為羅獵的妻兒去死，他毫不猶豫，只是他擔心萬一有什麼閃失，他還有何顏面去見師父。

雪松林中傳來咔啪一聲脆響，鐵娃第一時間反應了過來，端起霰彈槍瞄準了聲音傳來的方向，等了一會兒，不見有動靜，鐵娃暗忖，應當是乾枯的樹枝斷裂的聲音。

這種狀況在雪後經常發生，冬天天氣乾燥，再加上剛剛下過雪，積雪壓斷了樹枝，換成過去鐵娃或許不會如此謹慎，可是今天剛剛遭遇了黑虎的襲擊，鐵娃自然小心了許多。

鐵娃站起身，從篝火中抽出一支燃燒的木棍，在附近巡視了一圈，周圍的雪面上並沒有任何的足跡，鐵娃稍稍放下心來，準備返回的時候，卻看前方的雪松抖動了一下，似乎有一個東西落在雪地上，鐵娃再次聽到樹枝斷裂的聲音。

黑乎乎一團的東西如同一個小山丘，從樹上挑到了雪地上，在牠落地的時候，地面明顯震動了一下。鐵娃瞪大了雙眼，他認出這龐然大物並非白天所遇的黑虎，而是一頭身軀龐大的黑瞎子。

這頭黑瞎子沒有冬眠，或者是在冬眠中餓醒，落地之後，黑瞎子並沒有急於攻擊，而是原地抖了一下身子，將身上沾染的雪花抖落。鐵娃沒敢輕舉妄動，這種黑瞎子皮糙肉厚，就算是威力巨大的霰彈槍也無法保證一槍就能打穿牠的身體，如果貿然開槍，激怒了黑瞎子，後果不堪設想。現在最樂觀的結果就是黑瞎子對他們三個沒有任何的興趣，只是一個湊巧經過的過客。

黑瞎子仍然閉著一雙小眼，看起來仍然沒能從夢中醒來，牠的鼻子呼哧呼哧冒著白汽，鐵娃大氣都不敢喘。

黑瞎子如同喝醉酒一樣搖搖晃晃，原地晃蕩了幾下，終於調過身去，慢悠悠挪著步子向雪松林深處走去，鐵娃的後背已經被冷汗濕透，暗叫慶幸。

眼看黑瞎子漸行漸遠，可突然柴房內傳來平安的哭聲，鐵娃瞬間石化。已經走遠的黑瞎子也停下了腳步，猛地回過頭來，一雙緊閉的小眼睛瞪得滾圓，迸射出凶殘貪婪的光芒，黑瞎子看似笨拙，可是一旦進入捕獵狀態速度絲毫不慢，奔跑起來積雪四濺，奔跑的途中一棵雪松被牠硬生生撞斷，簡直如坦克般摧枯拉朽。

鐵娃揚起火把向黑瞎子扔了過去，火把出手之後，端起霰彈槍，對準黑瞎子就是一槍，無數顆霰彈擊中了黑瞎子，可根本對牠造不成致命傷害。

葉青虹也從柴房中衝了出來，一揚手將一顆手雷拋了出去，手雷在黑瞎子身邊爆炸，火光中，氣浪將黑瞎子掀翻在地，不料這傢伙頑強地從雪地上爬了起來，發出一聲震徹山林的咆哮，抖落身上的彈片和積雪，繼續向前方衝來。

葉青虹掏出雙槍瞄準黑瞎子接連射擊，有她相助，鐵娃得以喘息，他從皮套中抽出鐵胎彈弓，包住一顆鐵彈丸，拉滿彈弓，瞄準黑瞎子的鼻子，咻地射了出去。

彈丸不偏不倚正中黑瞎子的鼻子，射得血花四濺，黑瞎子雖然皮糙肉厚，可是鼻尖部分卻是牠的弱點，這顆彈丸讓牠痛不欲生，黑瞎子捂住流血的鼻子發出一聲哀嚎。

葉青虹趁機又丟出一顆手雷，這次剛好扔到了黑瞎子的身下，將牠炸得四仰八叉地倒了下去。

鐵娃趁著黑瞎子沒有從地上爬起，舉起霰彈槍連番射擊在牠的身上，黑瞎子現在的姿勢剛好把心口區暴露出來，白毛覆蓋的皮膚也是最薄的地方，連打了幾槍，黑瞎子都沒有動靜，鐵娃想過去看看牠是否死了。

葉青虹阻止他道：「別去，咱們先轉移到安全的地方再說。」她轉身去柴房，將平安抱起，平安這回兒止住了哭聲。娘倆兒出了柴房，卻見鐵娃呆立在那裡，目瞪口呆地望著前方。

剛才已經被打得血肉模糊的黑瞎子此刻正搖搖晃晃從雪地上爬了起來，非但如此，牠竟然如人形般直立起來。

鐵娃打光了霰彈槍內的子彈，掏出手槍對準黑瞎子心口連續開槍，子彈明明射中了黑瞎子的身體，可是黑瞎子卻毫無反應，彷彿已經麻木不仁，感覺不到任何疼痛。

周身染滿鮮血的黑瞎子緩緩向他們走來，鐵娃還從未見過如此詭異的狀況。葉青虹遞給他一顆手雷，鐵娃接過手雷向黑瞎子扔了過去。

手雷就快落下的時候，那黑瞎子突然揮出一掌，這一巴掌準確無誤地拍在了手雷上，竟然將手雷向他們抽了回去。

葉青虹尖叫道：「閃開！」葉青虹抱著平安向一旁的雪地竭力騰躍撲去，雖然反應及時，還是被爆炸引發的衝擊波掀得如同斷了線的紙鳶般飛了出去，她竭力想要護住平安，也因為這次的衝撞脫手飛了出去。

葉青虹摔在雪地上，雖然有厚厚積雪的緩衝，還是覺得氣血翻騰骨骸欲裂，她顧不上自己的安危，首先想到的是脫手飛出的兒子，葉青虹想要從地上爬起來，可是她現在就連這麼簡單的事情都做不到。

鐵娃比葉青虹要好一些，畢竟他不像葉青虹那樣懷裡抱著一個孩子，即便是這樣，也被氣浪掀了個大跟頭，槍也脫手飛了出去。讓鐵娃肝膽俱裂的是，那黑瞎子仍在一步步走過來，牠雖然多處受傷，卻沒有斷氣，像人一樣直立走來。

鐵娃腰間彈弓還在，他摸出彈弓，鐵彈丸連珠炮般射向黑瞎子的頭部，在他看來黑瞎子也已經是強弩之末，說不定一顆彈丸就能將牠徹底擊倒，鐵娃很快就意識到這只不過是自己一廂情願的想法罷了。彈丸雖然都射中了黑瞎子，可黑瞎子卻似乎突然失去了痛覺神經，依然邁著緩慢的步伐向他走來。

鐵娃爬起身來，看到葉青虹艱難爬起，呼喊著平安的名字。

鐵娃擋在葉青虹和黑瞎子之間，他抽出砍刀，已經做好了和黑瞎子肉搏戰的準備。

葉青虹沒有聽到兒子的回應，放眼望去也沒看到平安的身影，她記得在爆炸中平安從自己的懷中脫手飛了出去，應該不會離她太遠，怎麼會聽不到她的呼喊聲？身體的疼痛讓葉青虹無法站起，她手足並用在雪地中爬行著搜索著，希望能夠找到兒子。

葉青虹忽然停下了呼喊聲，因為她看到在不遠處一個小小的身影站在雪地中，分明是平安無疑，葉青虹先是感到驚喜，可馬上內心又被深深的恐懼所籠罩，因為在距離平安不到兩米的地方，一頭黑虎站在那裡，深綠色的雙眼宛如暗夜中漂浮的兩團鬼火。

葉青虹一時間手足冰冷，她不敢出聲，生怕驚動了黑虎。她距離兒子還有十米左右，而黑虎距離他只有兩米左右，就算是同樣的距離，她也不可能超越黑虎的速度。

葉青虹內心中充滿了絕望，如果可以，她願意和兒子交換位置。葉青虹不敢輕舉妄動，她不知應該怎樣才能將兒子從虎口中拯救出來，她無法想像如果失去兒子，自己還有什麼存在的意義。

平安望著黑虎，表情有些害怕，不過他卻表現出了超越實際年齡的勇氣，一雙小手緊緊攥了起來：「走開！走開！」

葉青虹聽到兒子大膽呵斥黑虎，一顆心提到了嗓子眼，她不顧一切地大喊起來，試圖通過自己的聲音吸引黑虎的注意。

黑虎向前挪動了一步，葉青虹沒命地向兒子爬去，她以為一切已經來不及了，可是讓她萬萬沒想到的是，那頭黑虎並沒有繼續向平安靠近，而是就此轉身離開。

鐵娃怒吼著揮舞砍刀向黑瞎子衝去，黑瞎子掄起有力的熊掌，準備將他拍飛，鐵娃身體再健壯和黑瞎子仍然不是一個級數的對手。

危急關頭，一支羽箭咻的一聲射中了黑瞎子的眼睛，從牠的左眼眶中直貫入腦，黑瞎子遭受了這致命一擊，再也無法支援下去，龐大如小山一般的身軀直挺挺倒了下去。

鐵娃氣喘吁吁地轉過身去，看到遠處有三條人影正在朝他們這邊飛奔而來，鐵娃大口大口喘息著，整個人如同突然被抽去了脊樑，癱倒在了雪地上。

葉青虹來到平安身邊，緊緊將他抱在了懷中，眼淚止不住地流了出來，平安卻非常的勇敢，伸出小手為她抹去臉上的淚水：「媽媽，不怕，有我保護你！」葉青虹含淚點頭。

此時葉青虹才留意到營救的三人已經來到近前，率先趕到並剛才一箭射殺黑熊的是張長弓。張長弓沒有先去照看鐵娃，來到葉青虹面前朗聲道：「弟妹，我們來晚了！」

葉青虹有些不好意思，畢竟她來蒼白山並沒有通知張長弓他們。

瞎子也氣喘吁吁地跟了上來：「弟妹，這就是我小侄子吧？」

葉青虹向平安道：「這是你張伯伯，安伯伯。」

平安甜甜稱呼了兩人，張長弓對這小子頗為喜愛，伸手將他抱了起來。

麻雀來到鐵娃身邊拍了拍他的肩膀，鐵娃抬起頭，如釋重負道：「麻姑您來了。」

麻雀對這個稱呼可不喜歡，皺了皺眉頭道：「你才麻姑呢，你全家都是麻姑。」鐵娃憨憨笑了起來。

一幫舊友重聚，彼此心中都暖融融的，聽說剛才還有黑虎前來，張長弓不敢怠慢，讓瞎子和麻雀生火，他和鐵娃又在四周搜索了一遍，確信附近已經沒有了猛獸的蹤影，這才回來。

這會兒功夫葉青虹已經把平安哄睡了，抱在懷中，坐在篝火旁。

麻雀望著葉青虹，雖然幾年不見，可葉青虹手采依然，不過還是能夠看出她比起此前瘦了許多。葉青虹望著平安的時候，麻雀感覺她身上似乎有一種光環，她輕聲道：「他長得真可愛。」

葉青虹朝她笑了笑，將平安放在毛皮褥子上，又小心給他掖好了被子。

麻雀道：「一個人帶孩子很辛苦吧？」

葉青虹道：「習慣了，談不上辛苦，其實他們也給我帶來了很多的快樂，如果沒有他們，我都不知道自己應該怎樣生活。」

麻雀幽然歎了口氣道：「三年了吧？」

葉青虹點了點頭，她明白麻雀這句話的意思：「是啊，三年了。」

麻雀道：「這三年難道一點音訊都沒有？」

葉青虹搖了搖頭：「你很關心他！」

麻雀紅了臉，其實她喜歡羅獵的事情根本瞞不過葉青虹，甚至也瞞不過周圍的這些朋友。

葉青虹可不是嘲諷麻雀，更不是吃醋，她看出麻雀的窘迫，微笑道：「我有時候在想，只要他肯回來，做什麼我都答應，哪怕是他要娶幾房姨太太。」

麻雀道：「他對你可是一心一意。」

葉青虹道：「你覺得他會回來嗎？」

麻雀點了點頭。

葉青虹道：「我也這麼想，他就算不想我，也一定捨不得他的兒女，捨不得他的朋友。」

麻雀道：「你對他這麼好，他怎麼忍心不回來？」

葉青虹道：「你到現在不結婚，是不是一直等著他？」

麻雀慌忙搖了搖頭道：「不是，你可千萬不要誤會。」

葉青虹笑了起來：「你怕什麼？他人都消失了，你就算承認他也聽不到。」

麻雀道：「你們才是天造地設的一對，相信我，我說的都是真的。」

葉青虹伸出手握住麻雀的手，輕聲道：「我已經很久沒跟別人說過那麼多真心話，真好，你也認為他會回來，沒把我當成一個瘋子。」

瞎子的聲音從她們身後響起：「我也認為羅獵一定會回來啊。」

麻雀轉身瞪了他一眼道：「要不要臉你，偷聽別人說話。」

瞎子道：「我不是偷聽，老張讓我保護你們的安全，所以我不能走遠，萬一有什麼豺狼虎豹衝上來，我得保護你們。」

葉青虹忍不住笑道：「真要是發生了那種情況，還不知道誰保護誰呢？」

瞎子討饒道：「你們伶牙俐齒，我說不過你們，好男也不跟女鬥。」

此時張長弓和鐵娃也巡視回來了，張長弓道：「瞎子，你又臭貧了。」

瞎子道：「我是哪兒都不招人待見，我睡覺去，我摟著我小侄子睡覺去。」

張長弓讓鐵娃也去休息，這幾天鐵娃實在是累壞了。

張長弓來到篝火旁坐下，他向葉青虹笑了笑道：「我們這次是不請自來，弟妹千萬不要見怪。」

葉青虹歉然道：「張大哥，您這話說的，其實是我要說聲對不起，主要是我不想麻煩你們，所以才決定一個人來這裡，本來也不想麻煩鐵娃的，可想了想這深山老林的，萬一迷失了方向就麻煩了，這才叫上了鐵娃。」

張長弓道：「弟妹還是跟我們見外了。」

葉青虹道：「主要還是因為黃浦那邊事情層出不窮，我擔心你們走不開。」

張長弓道：「天大的事情也不如你們的事情重要。」其實他直到現在也搞不明白葉青虹因何要在新年臨近之際來到這冰天雪地的蒼白山？難道僅僅是為了追憶她當年和羅獵一起生活的日子？張長弓知道羅獵帶著葉青虹和小彩虹在這木屋生活了很長一段時間。

瞎子說去睡，可並沒有走開，這會兒又湊了過來：「弟妹，這大過年的你來這裡幹什麼？」

葉青虹被瞎子問住了，雖然她有足夠的理由，可是這理由不能說，如果她告訴他們自己為了兒子的一個夢就不辭辛苦來到蒼白山腹地，他們會不會相信？

麻雀看出葉青虹不方便回答，替她說道：「來這裡需要理由嗎？如果不來，咱們這些老朋友也不會在蒼白山聚在一起，這樣過年才有意義。」

張長弓笑道：「今兒可是臘月二十七了，咱們這個年在山裡過定了。」

張長弓讓麻雀和葉青虹早點休息，他和瞎子兩人來到窩棚附近又生了堆火，瞎子掏出香煙，湊在火上點了一支，張長弓拿起酒壺喝了一口烈酒，然後將酒壺遞給瞎子。

瞎子搖了搖頭道：「不喝了。」他朝遠處看了看道：「老張，你覺不覺得葉青虹的舉止有些奇怪？」

張長弓道：「你少瞎琢磨。」

瞎子道：「你不覺得奇怪？她為什麼要來這裡？」

張長弓道：「我倒想聽聽你的高見。」

瞎子道：「我覺得和羅獵有關。」

張長弓歎了口氣，望著跳動的火苗道：「三年了，他要回來早就回來了。」

瞎子知道張長弓說的都是事實，可是他始終不願意承認，用力抽了口煙，卻不小心嗆到了自己，接連咳嗽了幾聲方才平息。

張長弓道：「少抽點煙，容易短命。」

瞎子呸了一聲道：「你個烏鴉嘴，我招你惹你了？」

一陣冷風吹過，張長弓不禁縮了縮脖子，抬頭看了看夜空道：「這幾天可能還會有雪，明天咱們利用現有的材料搭個窩棚，不然有得受了。」

瞎子道：「就在這兒待著？」

張長弓道：「找到他們娘倆就好，總之，葉青虹要幹什麼，咱們就跟著，確保他們母子平安。」

葉青虹本以為羅獵給了兒子某種啟示，希望來到這裡能夠和羅獵重逢，雖然這種希望極其渺茫，可她也排除艱險回到了這裡，等到了這裡方才發現，木屋已經坍塌，這裡也荒廢多年，羅獵根本沒有來過這裡。

葉青虹因失望而變得沉默寡言，小平安再沒說過關於父親甚至蒼狼的消息。一群人原地待了兩天之後，葉青虹心中的希望漸漸消失。她不止一次地問過兒子，希望從兒子那裡能夠得到一些有用的資訊，可每次都是一無所獲。

清晨又開始下雪了，這兩天張長弓幾人不但搭起了窩棚，還將坍塌的木屋重新修好，有張長弓和鐵娃這兩個優秀的獵手在，是不用擔心年貨的問題的。連麻雀也開始為年夜飯做準備，瞎子幫忙打下手。

只有葉青虹心境煩亂，她什麼都不想做，甚至不想和這些朋友交流，這三年她經歷了太多的希望破滅，一次一次折磨著她的內心。

小平安是所有人中最開心的一個，他跟鐵娃學會了捕鳥，鐵娃還給他製作了一個彈弓，他玩得不亦樂乎。

望著在雪中撒歡兒的平安，葉青虹提醒自己，是時候面對現實了，她不可以讓兒子跟著自己再做無畏的冒險。

空氣中飄來麂子肉的香氣，麻雀正在為明晚的年夜飯做著積極的準備。

葉青虹意識到自己的情緒很可能影響到了大家，她決定要做出一些改變，向麻雀走過去的時候，她踩到了雪地上的一幅畫，一個三角形裡面框著一個小人。

小平安叫了起來：「媽咪，踩壞了我的畫！」

葉青虹趕緊縮回腳去。

小平安卻哭了起來，在葉青虹的印象中兒子還從來沒有那麼脆弱，她耐心勸慰道：「對不起，媽媽不小心的。」

小平安一反常態地大聲抗議道：「你賠我，你賠！」

張長弓幾人都被這邊的動靜吸引過來。

葉青虹因兒子的任性有些生氣，她忍著火氣道：「平安，等會兒媽媽跟你一起畫一個好不好？」

「不好！你陪我！」

葉青虹本來心情就不好，這下怒火徹底被激起了，她怒道：「你這孩子怎麼這麼不懂事？不就是一幅畫嗎？不依不饒，你真是氣死我了！」她抓過小平安照著屁股就打了兩巴掌。

小平安哇的一聲大哭起來。

瞎子第一個跑了過來，他護住小平安道：「弟妹，你打孩子幹什麼，小孩子嘛……」

葉青虹怒道：「我教育我兒子不用你管！」

「你兒子不假，也是我侄子！你打他就不行！」瞎子也火了。

張長弓幾人原本在遠處觀望，可看到瞎子加入了戰團，趕緊過來勸說。

葉青虹看到眾人過來，心中一酸，轉身向遠處走去。

麻雀本想去勸勸葉青虹，瞎子卻道：「讓她冷靜冷靜，不知哪來的邪火，打孩子幹什麼？真是，這麼可愛的孩子，也下得去手。」

小平安抽了抽鼻子，在幾人的勸說下也止住了哭聲，他向遠處的媽媽看了一眼，似乎有些擔心。

麻雀柔聲道：「小平安，乖！好孩子要懂得寬容，你媽媽剛才是無意踩到了你的畫，並不是故意要破壞的，別生媽媽氣，媽媽多疼你啊，你剛才這樣做，她多傷心？」

小平安道：「可是我好不容易才畫好的。」

麻雀笑著摸了摸他的頭頂道：「這樣好不好，阿姨陪你一起畫，咱們把畫重新畫好。」她看了看雪地上的畫，說實話，小孩子的想法千奇百怪，她看不懂這畫的是什麼，不懂就只能問了。

麻雀道：「這三角是什麼？」

小平安道：「是火山！」

麻雀道：「火山啊，嗯，好像，嗯，這個人怎麼會在火山的肚子裡？」她所指的部分剛好是被葉青虹踩壞的地方。

小平安道：「是爸爸！」

麻雀心中一酸，沒爹的孩子真是可憐，她柔聲道：「可是為什麼要把爸爸畫在火山裡？」

小平安道：「因為爸爸就在裡面啊。」

葉青虹在遠處依稀聽到小平安的話，她轉過身，慢慢向兒子走了回去。

麻雀看到葉青虹回來慌忙向她使眼色，在她看來母子兩人現在最好還是給彼此留點空間，不然小孩子情緒一時間轉換沒那麼快。

葉青虹顫聲道：「你說……爸爸在火山裡？」

小平安看著媽媽，一時間忘了說話。

麻雀道：「我們和媽媽一起把畫畫好，好不好？」

葉青虹道：「媽媽跟你一起畫好不好？」

小平安點了點頭：「我還沒畫完。」

葉青虹遞給他一根樹枝，小平安在三角上又畫了個長方形。

麻雀看在眼裡，心中暗自難過，小平安分明畫的是一座墳墓，三角是墳墓，人在墳墓裡，現在又加上了一塊墓碑。

葉青虹也產生了這樣的想法，不過她強忍悲痛問道：「這畫的什麼？」

小平安道：「一塊石頭，從火山裡面噴了出去，飛到了天上！」

葉青虹和麻雀對望了一眼，她們都知道，當年羅獵進入九幽秘境，在其中發現了禹神碑，根據羅獵所說，禹神碑漂浮在熔岩湖之上，火山噴發將禹神碑噴出了火山口，自此以後禹神碑再無下落。在當時的那場火山爆發中，連雲寨數百年基業被毀，也是那時候顏天心率領部族踏上了西遷的征程。龍玉公主也是在那場火山爆發中復甦，引起了許許多多的事端。

麻雀望著葉青虹，她的目光在詢問葉青虹，葉青虹搖了搖頭，表示自己從未給這孩子說過關於當年的事情。

小平安重新畫好代表羅獵的小人，然後在他的身體周圍畫了一個一個旋轉的圈兒。

葉青虹道：「爸爸身體周圍是什麼？」

小平安道：「不停地轉，不停地轉！」

葉青虹道：「張大哥，我們要去天脈山開天峰，現在！馬上！」

十五年的時間可以做出許多的改變，當年和狼牙寨齊名的連雲寨早已從蒼白山消失，當年摧毀連雲寨的灼熱岩漿也已經冷卻，被烈火燒灼的山岩也已經被積雪覆蓋，沿著山坡一路向上，可以看到許多倒伏的樹木，這些樹木早已枯死，火山的爆發雖然過去了十五年，可這一帶的生態仍未恢復，缺少了可以棲息隱蔽的樹林，動物也很少會選擇來到這裡。

他們幾人當年都參加過九幽秘境的冒險，可是真正深入腹地找到禹神碑的只有羅獵和顏天心，儘管如此，並不妨礙他們找到這座山。

按照羅獵的說法，九幽秘境早已被岩漿毀掉，那裡的一切都應該不復存在了。

已經是大年三十了，他們頂著風雪爬到了開天峰的頂部，在火山口的地方發現了一面碧綠的小湖，雖然大雪紛飛，雖然是寒冬臘月，可小湖仍然沒有結冰，湖面上冒著熱氣。

走近湖畔都能夠感覺氣溫升高了一些，瞎子摘掉手套把手探入水裡，感覺湖水溫和，他向眾人道：「溫泉湖嗳！」

麻雀道：「因為火山的緣故，這一帶溫泉很多。」

張長弓道：「我的印象中沒有這面湖，絕對沒有。」

瞎子道：「你幾年沒來過了？」

張長弓想了想道：「九年了吧。」

瞎子道：「九年，什麼事情都能發生。」

葉青虹向小平安道：「兒子，你記得爸爸在火山裡面？」

小平安點了點頭。

葉青虹道：「我準備一下，這湖水溫度還可以，我想下去看看。」

張長弓這些年雖然學會了游泳，可也僅僅只是會游泳而已，他的水性依然很差，潛入水底這種事，他可應付不來。

瞎子道：「我說弟妹，你該不是因為小平安隨口說的一句話，就相信羅獵在這裡面？」

葉青虹道：「有些事他從未經歷過，可是卻說得清清楚楚，我相信我的兒子不會騙我。」

麻雀道：「當年羅獵是在西海附近失蹤，怎麼可能出現在這個地方？」她也認為葉青虹的想法實在是匪夷所思，經不起任何的推敲。

葉青虹沒有繼續解釋，因為她解釋不清，她一直堅定地認為羅獵會回來，這一點從未改變過，羅獵的出身和普通人不同，在他身上發生過太多古怪的事情。

張長弓目測了一下這面小湖，直徑大概在一公里左右，雖然不算很大，可是一定很深，這從湖水的顏色變化也能夠看出端倪，越是靠近湖畔的地方顏色越淺，以碧綠色為主，可是到了湖心就呈現出如同湖水一般的藍色。

這裡就是當年噴發的火山口，如果底部被岩漿填塞或許還不算太深，如果直通下方，就深不可測了，別的不說，單單是水壓也讓普通人難以承受。

瞎子道：「我跟你下去。」他知道張長弓和鐵娃的水性，他們兩個加起來都不如自己。

麻雀道：「我也去。」

葉青虹道：「我只帶了兩身水靠。」她向麻雀道：「麻雀，你留在上面幫我照顧平安，看得出他喜歡你。」

麻雀道：「多一個人也好相互照應，我不用水靠，我的水性好得很。」

幾人商量了一會兒，終於還是決定由他們三人一起下去。利用岸邊的雪松紮了一排木筏，這是為了便於搜索，湖水很清，周邊大都能夠一眼看到水底，也只有靠近中心的部分無法看到底部，需要他們重點搜索的也是這裡。

麻雀暫時和其他人一樣留在木筏上，葉青虹和瞎子先行下水，湖水溫暖，這為他們的搜索提供了便利，如果這裡的湖水不是溫的，恐怕他們一下水就會被凍僵，更談不上在水下展開搜索了。

在沒有特殊裝備的狀況下，他們最多也就是能夠達到水下一百米，不過他們在下潛到九十米左右地方的時候，就看到了大片的石林，這片水下的石林應當是當年火山噴發熔岩堆積形成，一堆堆，一叢叢，放眼望去，有的潔白如玉，有的鮮紅如血，有的漆黑如炭，在湖底形成了大片瑰麗的奇觀。

兩人用燈光照亮這水下世界，都被眼前的美景驚豔，他們在水底待了一會兒，就不得不浮到湖面上換氣。

張長弓在木筏上緊張地觀望著下方的狀況，看到他們現身，慌忙伸手將他們拉上來。

瞎子接過鐵娃遞來的酒灌了一口，他體力消耗了不少，喘息道：「八九十米的深度，下面是一片熔岩林。可惜我們堅持不了太久的時間，還沒有來得及展開搜索，就得上來換氣。」

葉青虹也是眉頭緊鎖，按照這種進度，只怕他們一個月都無法將湖底這片區域搜索完畢。

張長弓道：「我倒是能夠閉氣很長時間，只是我潛不下去，要不，你們用繩索把我放下去。」

瞎子道：「切，你以為能夠放得下去？水有浮力的，不經過專門的訓練，你一下去就浮上來了。」

張長弓一聽也沒轍了，平安道：「這還不簡單，只要抱著一塊大石頭就能沉下去了，如果想浮上來，就把石頭扔掉。」幾個人你看我我看你，全都慚愧不已，那麼多大人加起來居然還趕不上一個孩子。

張長弓樂道：「這小子長大了肯定是個人物。」

葉青虹道：「張大哥，您還是別冒險了。」讓水性不好的張長弓以身犯險，她實在是過意不去。

張長弓笑道：「這怎麼能叫冒險呢？我水性雖然不好，可是我憋氣的時間長，我曾經試過一次，正常狀況下，我在水下待兩個小時絕對沒有任何問題。」

他說的都是實話，因為這群人中他是唯一的異能者。

麻雀道：「就這麼辦吧，像咱們這樣基本上潛入水底就得上來換氣了，就算咱們輪番下潛，也不知要到猴年馬月。」

葉青虹道：「只是我們帶來的繩索可能沒那麼長。」

張長弓道：「這不是問題，只要能下去，我就能夠浮上來。」

鐵娃道：「繩索也不是問題，在山上不愁繩子，我去搓，要多長有多長。」

眾人準備停當之後，張長弓就跳入了水中，當然他沒有當真抱著石頭跳下去，而是在身上背著石塊，四肢上綁滿武器，重量加起來比單純抱石頭要大得多，而且遇到危險還可以隨時拿出武器進行反擊。以防萬一起見，葉青虹和麻雀兩人陪同他一起入水。

平安的這個方法果然有效，張長弓下沉的速度要比兩人下潛更快，順利來到了湖底，張長弓做了個手勢，此時葉青虹和麻雀也不得不離開去上方換氣了。

沉入湖底容易，可是在湖底邁開步伐行走卻非常困難，張長弓花費了十多分鐘方才適應了在湖底行進，因為不好控制平衡，他走起來歪歪斜斜，還好湖底都是熔岩樹，不難找到攀附的地方。

張長弓透過眼鏡借著燃燒棒望去，看到水底的瑰麗景色同樣被景色震撼，大自然果然是鬼斧神工，他閉住氣，先看了看周圍的環境，然後向一個方向走去，這座水底的熔岩林真正身處其中就會發現更像是一座迷宮，景色雖然很美，可看起來都差不多，張長弓每走出一段距離，就會用尖刀在熔岩樹上留下一個記號。

儘管如此，他很快發現自己就繞回到原來的地方了，張長弓在水底折騰了近一個小時，並沒有什麼新的發現，更不用說羅獵的蹤跡。他也分不清自己現在究竟在什麼地方。

葉青虹、麻雀和瞎子輪番下潛，來保障張長弓在水下的安全。張長弓水性雖然不好，可閉氣的功夫卻是他們遠遠無法比上的。

張長弓表示自己的體力沒有任何問題，還可以在水下繼續。真正困擾張長弓的是水下錯綜複雜的環境，就在他繞得暈頭轉向的時候，突然看到右前方的熔岩堆內嵌著一個突出的東西，張長弓走了過去，沿著熔岩堆向上攀爬，湊近一看卻是一葉銅舟，羅獵曾經跟他說過從九幽秘境脫身的經過。其中就提到過當時他和葉青虹、方克文三人就是通過這銅舟飄起離開熔岩湖的細節。

張長弓暗忖，這銅舟難道就是羅獵所說的那個？看來火山爆發之後，銅舟被熔岩包裹，冷卻後又固定在了這裡。

張長弓拍了拍銅舟，居然發現這銅舟有所鬆動，張長弓心中好奇，如果當真是銅舟，當時落入熔岩中只怕早已融化了，看來應當是其他的金屬，熔點極高。張長弓用力一推，他的力量本就強大，再加上這銅舟和熔岩之間存在空隙，在他的推動下銅舟整個脫離了熔岩，筆直向下栽落。

銅舟宛如牛角的尖端砸在了湖底，如同釘子般楔入湖底岩層中，有一半沒入其中。本來張長弓還沒覺得有什麼，可很快就感到熔岩堆震動起來，以銅舟為中心，湖底的岩層龜裂開來，開裂的速度很快，肉眼可見，不斷擴展。

張長弓愣了一下，馬上就反應了過來，他在最快的時間內將身上的重物解除，向水面上浮去。

瞎子剛剛潛入水下看張長弓的狀況，就看到張長弓的身影從水底向上飛速浮起，瞎子以為張長弓到了換氣的時候，隨著張長弓一起浮出水面，張長弓剛一出水，就大聲道：「快走，馬上離開這裡，去岸上！」

幾人都不知道發生了什麼，張長弓和瞎子濕淋淋爬上了木筏，張長弓抄起自製的木槳拚盡全力向岸上划去，一邊划一邊道：「湖底裂了！」

「湖底裂了？」瞎子感到匪夷所思，湖底怎麼能裂開？這老張該不會是說胡話吧？

葉青虹卻知道張長弓沒有說胡話，張長弓為人素來沉穩，這次卻一反常態地失去了鎮定，看來一定是覺察到了很大的危險，湖底開裂？也就意味著湖底應當是空的，是火山噴發形成的特殊地形。

張長弓顧不上解釋，只是催促眾人合力將木筏靠岸，他們還沒有來到岸邊，就看到湖心出現了一個漩渦。因為湖面本身並不大，按理說不可能出現這樣大的漩渦，唯一的解釋就是張長弓說的湖底開裂，從目前所見，湖底裂開的絕不是一個小洞，而是一個超乎想像的大洞。

如果說剛才其他人還是將信將疑，在看到漩渦之後每個人都聞到了死亡的氣息，他們奮起全力划向岸邊，如果木筏行進的速度趕不上漩渦擴展的速度，他們所有人就會隨同木筏一起被漩渦所吞噬，到時候無論水性高低都會葬身在水底。

「快！快！」瞎子大喊道。

張長弓轉身一看漩渦的擴展速度實在是太快，想要將木筏靠岸已經來不及了，他將繩索打了個圈，全力向岸上拋去，繩索準確套在岸邊的一塊岩石上，張長弓全力牽拉繩索，木筏的行進速度在他的牽拉下加快了一倍。

鐵娃也過來幫忙，在眾人齊心合力之下，他們總算搶在被漩渦吞噬之前來到了岸上，每個人都筋疲力盡，舉目望去，只見湖面迅速下降，不到一個小時的功夫，湖水就全都沉降了下去，這可不是普通的湖底開裂，而是整個湖底都掉了下去，水位下降的速度很快，在水中聳立著熔岩形成的石林。

因為水平面下降，湖底開裂，火山口的內部越來越多地暴露出來。

離開了溫暖的湖水，外界的氣溫很低，不一會兒功夫身上的水就會結冰，葉青虹和麻雀去了其中的一個帳篷，她們必須儘快烤火換衣。

瞎子和張長弓則去了另外一個臨時搭起的窩棚，張長弓體質特殊，沒怎麼感覺到寒冷，瞎子這會子功夫已經凍得臉色鐵青嘴唇發白，蹲在火盆旁烤火，哆哆嗦嗦道：「太……太他娘的冷了……」

張長弓遞給他酒壺，瞎子擺了擺手，換上了乾爽的衣服，又蹲在火盆旁，只怕沒把火盆給抱在懷裡了。他之所以這麼冷還有一個原因，是僅有的兩套水靠他主動讓給了葉青虹和麻雀，這種時候總得表現出男子的大度。

鐵娃又在外面升起了一堆篝火，小平安緊跟著鐵娃，這幾天他對鐵娃頗為崇拜，感覺鐵娃無所不能。

葉青虹和麻雀因為有水靠的防護相對來說要好一些，她們兩人換好衣服來到篝火旁烤火，葉青虹隨身帶著不銹鋼酒壺，自己喝了幾口，又遞給了麻雀。

麻雀學著她的樣子灌了幾口下去，感覺身體暖烘烘的非常受用。

葉青虹向剛才的小湖望去，發現小湖的水位已經很低，不過下降的速度也在減緩。

鐵娃道：「這湖底應該有個大洞。」

張長弓此時走了出來，他將自己在水底發生的情況說了一遍，當他說到那艘銅舟的時候，葉青虹不禁想起自己曾經聽羅獵提起過，換句話來說，這個火山口就是當初羅獵他們逃離九幽秘境的出路。

張長弓來到岸邊，向下看了看，水面大概在他們現在營地的六十米以下，水位應該還是繼續下降的，不過速度減緩了許多。張長弓拿出望遠鏡，仔細觀察著這火山口的內壁，因為水位下降，現在已經可以看得很清楚，他忽然停了下來，在下面的斜坡之上發現了一個三角形的洞口，張長弓放大了一下視野，確信那的確是一個洞口，他將自己的發現告訴了其他人。

葉青虹接過望遠鏡看了看，再看水面似乎已經停止下降，心中暗忖，那三角形的洞口或許是進入九幽秘境的另外一條通路。

張長弓道：「我和鐵娃先去探路，你們先休息一下。」

葉青虹點了點頭，她和麻雀瞎子剛才潛水時體力消耗很大，張長弓體質和他們不同，所以現在體力最佳的還是張長弓。她看了看時間，現在是中午十二點，再有十二個小時，就是新年了，想不到這個除夕之夜他們會以這樣的方式度過。

葉青虹暗暗感激這幫朋友，如果沒有他們的幫助，單憑著她自己根本沒可能走到這裡。葉青虹道：「張大哥，吃完午飯再去吧。」

張長弓笑道：「現在不餓，等查清楚那洞口是否通往下面再說。」

葉青虹道：「這樣吧，我們就在這裡準備年夜飯，無論那洞口是否通往九幽秘境，都等到明天再說。」

張長弓道：「成，我們五點鐘之前回來。」

第六章

巨大的吸引力

經她提醒幾人都清醒過來，
其實剛才他們都像葉青虹一樣產生了迷惑的感覺，
瞎子感覺到水晶有股巨大吸引力，將他的魂魄吸入其中，
瞎子倒吸了一口冷氣，提醒自己不能去看，
可內心中卻彷彿有一根羽毛在撩撥，癢癢的難受。

張長弓並未讓鐵娃跟著下去，只是讓他在上方接應，他沿著斜坡攀爬下去，十多分鐘後，已經靠近那三角形的洞口，洞口非常規則，邊緣光滑，一看就知道這應該不是天然形成，張長弓摸了摸邊緣，判斷出是人工雕琢而成。

從上面看洞口不大，可真正到了近前，發現三角形洞口的每條邊都有九米長，洞口內壁斜行收窄，再加上外面結了一層薄冰，很滑，稍不留神就會失足掉落到下方，畢竟從洞口的下緣到底部的水面還有近五十米的高度，更何況下方遍佈熔岩林，摔下去必然死路一條。

張長弓沒有利用繩索下來，除了他之外，應該沒有人能夠徒手攀爬到這個地方。張長弓示意鐵娃將繩索從上方垂落下來，抓住繩索，這才脫離了斜坡，身體在空中蕩動了幾下穩定了下來，這才向下滑行了兩米左右，打開手電筒的光束照向裡面，看到這三角洞口往裡斜行收窄，也就是說洞口周圍全都是斜面，想要進入其中並不容易，在斜面的盡頭同樣也是一個三角，張長弓定睛望去，依稀看出裡面的小三角上刻有不少的浮雕花紋。

張長弓來回盪動了一下身體，盡可能靠近內部，他看到裡面的三角又由幾個不同的圖形拼接而成，張長弓不知如何進入其中，只能沿著繩索重新爬了上去。

張長弓將自己的所見告訴了同伴，葉青虹道：「應該是圖形鎖，只要能夠準確地排列出秩序，那道門就會打開。」

張長弓道：「想要進去可不容易，裡面沒有能夠攀附的地方。」

葉青虹道：「張大哥記得內部的圖案形狀嗎？」

張長弓苦笑著搖了搖頭道：「我可沒這麼大的本事。」

葉青虹道：「這樣吧，我下去看看。」

張長弓道：「我陪你下去，也就多條繩子的事。」

兩人稍作準備，葉青虹和張長弓一起來到了那三角洞口，張長弓負責照亮，葉青虹抓住繩索，蕩秋千一樣來回盪動，因為洞內都是斜面，根本沒有可以落腳的地方，她只能用這種方式看清其中的結構。

術業有專攻，葉青虹在這方面要比張長弓厲害得多，她很快就看出三角形內部的圖形不可能重新排列，這其實是一個類似於華容道的圖形，但是缺乏可以移動的空間，葉青虹看了一會兒發現了其中的奧妙之所在，她向張長弓道：「張大哥，這個其實是鎖中鎖，打開圖形鎖的鑰匙就是上面的那個圓球，必須要將圓球移動到左下角的位置才行。」

張長弓愕然道：「全都填得滿滿的，如何移動？」

葉青虹道：「我懷疑這上面的圖形可以壓下去，如果壓下去就能夠讓開位置，有了空隙圓球就可以移動。」

張長弓道：「那還不簡單，我們可以開槍射擊。」

葉青虹搖了搖頭道：「不行，子彈無法控制力度，只怕還要勞動您的出手。」

張長弓明白了她的意思，槍的威力雖然足夠，可是無法控制力量的大小，萬一將圖形鎖損壞，豈不是弄巧成拙？

張長弓箭法高超，他將鏃尖卸下，按照葉青虹的指點，射出了第一箭，這一箭射中了圓球下方的方塊，果不其然，那方塊受力之後向下陷了進去，圓球因為重力作用沿著方塊移開的空隙滑了下去。

在葉青虹的指點下，張長弓一共射出了五箭，每一箭都準確命中了目標，圓球曲折下行，沿著張長弓射出的一條軌道滾到了三角形的左下角，只聽到一聲吱吱嘎嘎的響聲，周圍山岩也隨之微微震顫起來。被解開圖形鎖的三角形從中分裂開來，露出一個邊長一米五的等邊三角洞口。

張長弓欣喜道：「果然打開了。」

葉青虹卻想起了兒子在雪地上繪製的那幅畫，當時兒子說他繪製的是火山，可他畫的卻是一個接近標準的等邊三角形，世上的事情不會如此巧合，葉青虹又想起剛才他們在湖中的驚險一幕，因為湖底坍塌而出現的漩渦。平安在代表羅獵的小人身上畫了螺旋線，難道螺旋線就代表了漩渦？

葉青虹咬了咬嘴唇，她已經迫不及待了，可是她又想起凡事不能操之過急，今天是除夕，自己說過大家要休息一晚，明天再進去探索。

張長弓道：「兩點了，弟妹，我看事不宜遲，咱們進去看看如何？」

葉青虹知道張長弓應該是看出了自己迫切的心情，她輕聲道：「張大哥，還是商量一下吧。」

真要進入這洞內探險，需要做好充足的準備。多半人認為最好將平安留在上面，再安排一個人照顧，可葉青虹卻表示反對，因為她越來越感覺到，能夠找到羅獵的希望可能全都在兒子的身上。

葉青虹分析了平安此前的那幅畫，眾人聽完都覺得不可思議，可又不得不承認很有道理。

麻雀道：「我看，要去就一起去，沒必要把誰留在外面，眾人拾柴火焰高，如果落了單，還不知道會遇到什麼危險。」

瞎子跟著點頭，他去過九幽秘境，現在想想還是心裡發毛，不過在火山噴發之後，九幽秘境裡面的怪物應該早已被燒了個灰飛湮滅。

張長弓笑道：「既然大家都沒什麼異議，就一起下去，不過還得有人在上面留守望風。」

鐵娃主動請纓道：「師父，還是我留下吧，這邊的情況我熟悉，真有什麼麻煩，我應該可以應付。」

張長弓其實也是這個意思，他拍了拍鐵娃的肩膀道：「準備好年夜飯，我們回來喝團圓酒。」

鐵娃笑道：「放心吧，都交給我了。」

張長弓和葉青虹商量了一下，由他負責背著平安，這是考慮到葉青虹背著平安行動不便，葉青虹這次沒有堅持，四人逐一來到那三角洞口，張長弓帶著平安率先進入洞口，進入內側的三角洞口，立足的地方就變成了平面。

張長弓將葉青虹和麻雀先後接應到了裡面，輪到瞎子的時候卻一把沒抓住，瞎子大叫著又蕩了出去，再次蕩回來的時候，張長弓和葉青虹同時伸手，將他拉了進來。

瞎子氣喘吁吁道：「幹完這一票，老子再也不玩命了。」

麻雀道：「那也得等見到羅獵再說。」

瞎子使了個眼色示意她別提羅獵，雖然每個人都覺得這次的事情非常古怪，可多半人心中對找到羅獵並不抱太大的希望，正如張長弓所說，羅獵在西海失蹤，怎麼會在這個地方出現？他為什麼不選擇回家和親人團聚，而是來到這裡呢？

沿著腳下的通道前行，通道也是三角形狀的，隨著他們往裡走，通道不斷擴展，裡面溫度倒是比外面高了許多，瞎子道：「我不記得來過這裡。」

張長弓和麻雀也有同樣的想法，這裡雖然臨近九幽秘境，可未必和九幽秘境相通。

繼續前行，前方出現了一道金屬門，張長弓走過去用力推了一下，大門紋絲不動。

葉青虹和麻雀並肩觀察著這座大門，麻雀道：「是夏文！」除了羅獵之外，對夏文研究最深的就數麻雀了，可是麻雀加起來認識的也不過三十幾個字，葉青虹在中文的研究上遠不如法文和英文，雖然跟羅獵學習過幾個夏文，可也僅限於姓氏罷了。

張長弓道：「難道又是圖形鎖？」

麻雀搖了搖頭道：「也許能夠從上面的文字找到解開的方法。」

瞎子道：「大不了把這扇門給炸開。」

張長弓道：「我發現你說話還是不經大腦。」

瞎子道：「你有大腦，你聰明，那你告訴我這扇門怎麼打開？」

麻雀從上面的夏文總共才找出七個認識的字，單憑這七個字是無法推斷出正確的意思的。

「張伯伯，我想尿尿！」平安在張長弓背後道。

張長弓將他放了下來，想幫他解褲子，平安卻堅持自己來。

瞎子道：「弄個開襠褲多方便。」

平安道：「我都這麼大了，才不穿開襠褲。」

瞎子嘿嘿笑道：「趕緊撒尿，別廢話。」

平安轉過身尿了起來，葉青虹和麻雀都在思考如何打開這扇門，並沒有關注平安的事情，葉青虹從來都是提倡小孩自己能做的事情自己做，並沒有因為平安年齡小就嬌生慣養。

突然聽到瞎子道：「乖乖，童子尿還帶電光嗎？」

幾人都轉過身去，卻見平安腳下出現了幾條發光的線條，童子尿當然不可能帶電光，而是地面上的圖案遇到尿液後產生了化學反應而變亮。

麻雀道：「秘密原來在這裡啊！」

瞎子道：「可惜尿得不夠多，老張，要不你幫幫忙。」

張長弓瞪了這廝一眼道：「放屁！」

麻雀擰開水壺倒了下去，其實水流傾倒下去也是一樣，隨著水流浸濕地面，一個發光圖案出現在他們的眼前，麻雀道：「秘密原來在這裡。」地上的圖案和門上的圖案看起來一模一樣，不過葉青虹和麻雀仔細對照還是發現了六處不同，將這六處不同連接起來，剛好成為一個六芒星的形狀，麻雀和葉青虹、瞎子三人雙手分別摁住找出六點不同，然後同時摁了下去。

只聽到轟隆隆一聲悶響，眼前的大門緩緩向上升騰而起，一股寒氣撲面而來，幾人被寒氣所迫，同時打了個冷顫。

在他們的眼前出現了一個巨大的坑洞，一條螺旋階梯圍繞坑洞一直向下，在坑洞之中，有一根晶瑩剔透的巨大水晶，水晶的上方縈繞著淡藍色的光霧，眾人都被眼前的一幕驚呆了，誰都沒有想到在雪山腹地竟然藏著一個如此瑰寶。

麻雀望著那星雲發呆，瞎子卻望著水晶露出貪婪的目光，他從未見過那麼大的水晶，首先想到的是這水晶值老錢了。

眾人沿著台階向下，這台階沒有護欄和扶手，一旁是岩壁，另外一邊就是深淵。張長弓提醒眾人留意腳下，隨著他們向下走動，他們的身影被水晶折射出現在水晶中，葉青虹忽然產生了一種錯覺，感覺自己彷彿走入了水晶中，她定力出眾，馬上意識到這塊巨大的水晶可能存在著某種神秘的力量，提醒眾人道：「大家儘量不要看這塊水晶，裡面折射的影子容易讓人產生幻覺。」

經她提醒幾人都清醒過來，其實剛才他們都像葉青虹一樣產生了迷惑的感覺，瞎子甚至感覺到水晶有股巨大的吸引力，正將他的魂魄吸入其中，瞎子倒吸了一口冷氣，提醒自己不能去看，可內心中卻彷彿有一根羽毛在撩撥，癢癢的難受，終究還是抵受不住這水晶的誘惑，又偷偷看了一眼，這一眼發現水晶又有了變化，剛才透明的水晶變成了紫色。

瞎子眨了眨眼睛，以為是自己的眼睛出了毛病，可忽然感覺周圍的一切發生了變化，他進入了一個五彩繽紛的迷幻世界，周圍到處都是金銀財寶，瞎子樂得忘乎所以，他隨手抓了一把，全都是價值連城的鑽石，瞎子狂喜道：「我發財了，我發大財了！」

麻雀雖然控制住自己沒去看這塊水晶，可耳邊卻聽到父親的聲音：「女兒，爸好想你。」

麻雀在內心中拚命提醒自己一定是幻覺，但是父親的聲音卻變得越發真切：「女兒，你為什麼不看爸爸，你不認識我了？難道你連爸爸都不認識了？」麻雀終忍不住睜開雙眼，看到白髮蒼蒼的父親身穿長衫，就站在自己的面前，他的雙眼中泛著激動的淚光。

麻雀顫聲道：「爸……」

「噯！」

麻雀淚流滿面：「爸爸，我以為您已經不在了。」

「傻孩子，爸爸一直都在這裡等你，從沒有離開過，我還以為你不會來找我。」

每個人看到的景象都不同，張長弓看到的是白髮蒼蒼的老娘正在被一頭血狼撕咬，張長弓目眥欲裂，發出一聲悲吼準備衝上去，可耳邊的哭泣聲卻將他及時拉回到現實中來。

和幾人紛紛看到幻象不同，小平安在張長弓的身後，他沒有看水晶柱，也沒有被水晶柱內的重重幻象所影響，聽到張長弓的悲吼聲，小平安被嚇到了，哇的一聲哭了起來，正是他的哭聲將張長弓從混亂的狀態中拉了回來，張長弓愣了一下，眼前的幻象突然消失，他發現自己已經來到了階梯邊緣，如果再向前走一步，只怕自己就會帶著小平安一起摔落下去。

張長弓嚇出了一身的冷汗，如果是自己摔死了也無妨，可自己背著的可是羅獵的骨肉，再看麻雀和瞎子兩人都已經危在旦夕，葉青虹靠在岩壁上，緊閉雙眼正在和看到的幻象死死抵抗，這種狀況下，她自顧不暇，顯然談不到再去兼顧他人的事情。

張長弓一手抓住瞎子，一手拉住麻雀，他大喊道：「全都醒醒，都是假的，都是假的！」

麻雀率先清醒過來，可是她的情緒一時間也難以平復，腳下一軟坐在台階上，低聲啜泣起來，瞎子仍然傻樂著：「好多寶貝，都是我的……都是我的……」

張長弓反手給了他一記耳光，這巴掌算是把瞎子給徹底打醒了，瞎子捂著被打腫的面龐，怒道：「老張，你太過分了！」

葉青虹此時也清醒了過來，她也後怕不已，歎了口氣道：「瞎子，如果不是張大哥，恐怕你此刻已經跳下去了。」

瞎子這會兒方才意識到剛剛發生了什麼事情，嚇得腿都軟了，慌忙來到一旁扶著岩壁，連話都說不出來了。

張長弓暗叫慚愧，他老老實實道：「其實剛才我也差點跳下去，幸虧平安叫醒了我，這孩子真是咱們的福星，是他救了我們。」

葉青虹道：「大家千萬不要看這水晶柱。」

瞎子掏出墨鏡戴上了，他顫聲道：「打死我我都不看了。」

幾人穩定了一下心神，瞎子和張長弓都猶豫是否應該繼續走下去，他們剛才差點全軍覆沒，再往下還不知會遇到怎樣的怪事。葉青虹卻堅持繼續走下去，既然來了就要一探究竟。

麻雀道：「究竟是什麼人將這麼大的水晶柱放在這裡？」

瞎子聽到水晶柱三個字，忍不住又看了一眼，這水晶柱的誘惑力實在是太大了，可不看則已，一看發現這水晶又有了變化，水晶變成了藍色，而且似乎開始緩緩旋轉。

瞎子以為自己又產生了幻覺，他趕緊閉上了眼睛。

麻雀的聲音響起：「這水晶是在動嗎？」

瞎子聽她這麼說，意識到看到水晶轉動的並不是自己一個。

張長弓根本不敢向水晶多看一眼，他提醒兩人道：「你們別再看了，好端端地怎麼可能動？」

此時身後的平安道：「狼，狼！」他的聲音中並無恐懼，反而欣喜地指著水晶柱。

張長弓心中暗歎，想來這孩子也因為看水晶柱而產生幻象了，他向葉青虹道：「弟妹，要不要把平安的眼睛蒙住？」

葉青虹道：「哪裡有狼？」她也認為平安產生了幻象。

平安道：「在柱子裡面。」

葉青虹朝水晶柱看了一眼，並沒有看到任何的異樣。

瞎子憤然道：「都是這古怪的東西害人！連小孩子都不放過。」他揚起自己的手電筒扔了過去，可手電筒扔到水晶柱之上卻沒有發出預料中的碰撞，竟然憑空消失了。

瞎子張大了嘴巴：「我靠……」他首先想到的是自己又產生錯覺了，這地方不能待，再待下去非精神錯亂不可。

葉青虹道：「你剛剛是不是扔了東西？」

瞎子道：「沒……」他自己都不確定了。

平安道：「時間……時間……」

張長弓被他突然的說話嚇了一大跳，他趕緊將平安放了下來，葉青虹也來到平安身邊，卻見平安雙目緊閉，小臉通紅，一雙拳頭緊緊握在一起。

瞎子道：「是不是中邪了？」

麻雀瞪了他一眼道：「你才中邪了！」

平安仍然在反覆重複道：「時間……」

麻雀看了看錶道：「十點二十！」報出時間的時候，連她自己都是一愣，不知不覺竟過去了那麼久，還說要回去吃年夜飯呢，恐怕就算現在走也來不及了。

可平安仍然在機械地重複著時間。

葉青虹秀眉微顰，她忽然靈機一動，將年月日一直精確到現在的時分秒，她說完，平安就機械地重複起來，這下連麻雀和張長弓都開始擔心起來，小平安的表現明顯不對，難不成真被瞎子說中了，這孩子中邪了？

張長弓道：「我們必須離開這裡，這水晶柱會讓人產生幻覺，如果我們繼續留下，可能都會發瘋。」

麻雀向水晶柱望去：「水晶柱……」原本還在那裡的水晶柱旋轉得越來越快，竟然在她的眼前逐步解體，變成了一個個的晶體顆粒，無數晶體顆粒形成一個巨大的螺旋。

晶體隨著螺旋上升，在上升的途中不斷分裂縮小，變成更小的晶體顆粒，細微的塵屑，乃至最後變成了虛無縹緲如煙似霧的晶塵。

下方不停傳來水晶崩裂的聲音，地面開始震動起來，張長弓勃然變色，這絕不是什麼好兆頭，他曾經在這一帶經歷過地震，也見識過火山爆發，萬一不幸讓他們趕上，恐怕很難逃脫。

瞎子道：「我覺得有點不對頭，咱們是不是先退出去再說？」震動越來越大，因為震動周圍的岩層裂開，不斷有沙石向下方落下，張長弓大吼道：「快走，再不走就來不及了！」他用身體掩護住小平安，避免落下的石塊砸中孩子。

麻雀道：「可能是地震……」她的話還沒有說完，就被一塊石頭擊中了背部，麻雀失去平衡向下方跌落，葉青虹伸手去抓她，她雖然抓住了麻雀的手腕，可是腳下一沉，她腳下的石階竟然在震動中斷裂。

葉青虹驚呼一聲，和麻雀一起掉了下去，張長弓和瞎子那邊也遇到了同樣的危機，沿著岩壁築成的石階紛紛斷裂，他們已經沒有了立足之處，瞎子率先掉了下去，張長弓一手抓住岩壁的裂縫，一手抱著小平安，他要盡一切努力保住這孩子。

水晶柱已經完全解體，取而代之的是充滿整個空間螺旋上升的藍色晶塵。

張長弓感覺到一股強大的吸引力將他向漩渦的中央牽拉而去，他竭力和這股牽引力對抗著，可是無論他怎樣努力，在這股牽引力的面前都顯得不堪一擊，他抓住的岩壁崩裂斷開，張長弓抱著平安如陀螺般旋轉進入這旋轉的晶塵之中。

葉青虹以為自己會被摔得粉身碎骨，可是那樣的狀況並未發生，她的恐懼很快就消失得乾乾淨淨，她看到自己的生命在急速的倒回，看到了童年的自己，看到了父母雙親，這一生以驚人的速度閃回，而後歸零，眼前變得一片空白……

瞎子懼怕強光，可感覺強光無所不在，儘管他緊緊閉上雙眼，仍然能夠感覺到光線從他的汗毛孔透射到他的體內，瞎子彷彿成為了一個透明的人，他告訴自己，自己可能已經死了，原來死還是有感覺的。

麻雀看到一個衰老的自己，自己坐在開滿鮮花的山坡上，沐浴著晨光，眺望著碧波蕩漾的西海，一生原來如此短暫。

張長弓看到了恐懼，向來無畏的他，卻感覺到前所未有的恐懼，寒冷無助寂寞，猶如整個世界都拋棄了自己，他的周圍看不到任何的生命。張長弓終於意識到他的恐懼來自於何方，平安不在身邊，原本被他緊緊抱住的平安如今已經不知去向。

張長弓提醒自己一切都不是現實，他要醒來，他必須醒來……

第一個醒來的是葉青虹，她的四周一片漆黑，身體疲憊到了極點，她的眼前看不到任何的東西，只記得台階斷裂失足落下的情景，難道自己已經死了？不對，一個死去的人怎麼會有如此清晰的疲憊和疼痛感，葉青虹掙扎著坐起身來，顫聲道：「平安……」

沒有人回應她，葉青虹頓時陷入惶恐中：「平安……」

第二個醒來的是麻雀，她的左腳傳來劇痛，應該是剛才落下的時候足踝扭到了，麻雀忍著痛道：「青虹！」

葉青虹聽到麻雀的聲音更加確信自己仍然活著，她帶著哭腔道：「有沒有見到平安，有沒有見到平安？」

麻雀竭力忍受著疼痛：「他……他應該和張大哥在一起。」

張長弓的聲音從右前方傳來：「我在，可是……平安沒和我在一起……」

葉青虹的精神就快崩潰了，她不敢想像，如果平安出了事，她該怎麼辦？她還有什麼勇氣繼續活下去？是她的執著害了兒子。

張長弓道：「你們的手燈還在不在？」

葉青虹和麻雀都在尋找照明用的東西，可是她們的手電筒都失落了。

張長弓摸到了火柴，在黑暗中劃了一下，火柴卻沒有亮起。耳邊響起葉青虹焦急呼喚平安的聲音，張長弓起身走了幾步，感覺自己腳步虛浮，猶如喝醉酒一樣，腳下突然碰到了一個軟綿綿的東西，張長弓趕緊收回腳，應該是個人，張長弓蹲下去，伸手摸了摸腳下的人，剛巧摸中一張大臉，不用問應該是瞎子。

張長弓欣慰之餘又有些失望，瞎子被張長弓摸臉之後，猛地坐了起來，驚恐道：「鬼……鬼……」

張長弓道：「是我！」

瞎子愣了一下，這才回過神來，他揉了揉眼睛，眼前也是一片漆黑：「我……我什麼都看不見，我眼睛怎麼了？」

所有人都知道瞎子擁有一雙可以在黑暗視物的夜眼，連瞎子都看不到任何的東西，這下他們真遇到麻煩了。

張長弓道：「可能是這裡環境特殊。」低聲告訴瞎子平安失蹤的事情，目前最重要的是先把平安找到，至於如何離開以後再說。

葉青虹就快支撐不住自己，她的聲音帶著哭腔：「平安……平安，你別嚇媽媽，你答應一聲好不好？」

「你是誰？」平安奶聲奶氣的聲音從很遠的地方響起，雖然聲音不大，可是卻讓在場的每個人都放下心來。

葉青虹長舒了一口氣，正想回答，卻聽平安又道：「叔叔，你是誰？」

所有人剛剛放下的心瞬間又提了起來，聽平安話裡的意思，除了他們之外，還有一個人在這個地方。

張長弓循聲走去，因為不知平安口中的叔叔是好人還是壞人，如果是壞人，那麼情況只會變得更壞。

沒有聽到回答，平安道：「叔叔，你怎麼了？你為什麼不說話？你……為什麼不穿衣服……」

瞎子聽到這裡，暗罵了一句，要不要臉，怎麼會有個男人光著屁股在這裡？

張長弓來到平安聲音發出的地方，發現了一道裂縫，聲音是從石壁裡傳來的，雖然能夠聽到平安的聲音，可是也要打通這道石壁方才能夠見到他。

葉青虹也趕到這裡，顫聲道：「平安，你還好嗎？」

平安沒有回答，彷彿根本聽不到他們的話。

葉青虹用力拍打著石壁，大聲呼喊著平安的名字。

張長弓讓葉青虹暫時讓開，他深吸了一口氣，狠狠向石壁擊出一拳，他的力量可以開山裂石，連續三拳，終於將石壁打穿，手腳並用擴出一個可以容納成人通過的洞口。

張長弓爬了進去，此時他的視力漸漸恢復，眼前開始有了光感，前方波光蕩漾，似乎有一堵水牆擋在那裡。

葉青虹幾人也隨後進來，不過他們的視力暫時沒有恢復光感。張長弓伸出手去，觸碰那堵水牆，他的手並未感到任何的阻力，甚至沒有任何的感覺，張長弓讓眾人不要擅自行動，他率先走了進去。

張長弓進入這道牆的時候眼前出現了強光，他提前就已經將眼睛閉上，雖然如此仍然感到難以承受。突然身上一輕，水波一樣的牆壁憑空消失了。

此時葉青虹幾人的眼睛也漸漸恢復了光感，他們看到張長弓呆呆站在原地，如同被封印了一般。

平安就站在前方不遠的地方，在平安對面的岩壁下，靠著一個赤裸身體的男人，那男人長髮垂肩，鬍鬚也到了胸口，身體蒼白而瘦弱。

麻雀嚇得趕緊捂住了眼睛，葉青虹的目光卻定格在那男子的身上，她幾乎在第一眼就認出他是自己無時無刻不在思念的夢中人，他是自己的丈夫，自己的愛人，自己的生命——羅獵！

羅獵望著葉青虹，他溫暖的目光充滿了欣慰，他說不出話，只能用目光和她交流，他剛剛經歷了一個漫長的時光之旅，他無法形容這趟旅程的辛苦，幾度迷失方向，幾度想到了放棄，可他最終還是熬了過來，最重要的是他回來了，他實現了自己的承諾。

平安朝著葉青虹跑了過來，伸出手臂想要一個擁抱，可向來疼愛他的媽媽卻視而不見，葉青虹邁著前所未有的艱難步伐走向羅獵，她的身軀在不斷顫抖著。

羅獵說不出話，只是靜靜望著她，葉青虹來到他的面前，出乎意料地揚起手來打了他一個耳光，然後緊緊抱住他，生怕一鬆手他就會從自己的身邊消失，羅獵瘦削的手臂慢慢抬了起來，他摟住葉青虹，輕輕拍著她的肩膀，他想說自己回來了，想說自己會陪著她，想說自己再也不會走了，可終究什麼都沒有說出來。

鐵娃掏出懷錶看了看時間，距離新年到來只剩下十分鐘了，估計同伴們不會準時回來了，自己只能孤零零一個人在這裡辭舊迎新。鐵娃歎了口氣，用樹枝在雪地上寫了一個大大的福字，雖然他的字不怎麼樣，可大過年的，也算添點兒喜慶。

鐵娃拿起桌上的酒壺，自語道：「大家平安就好！」擰開壺蓋準備自己喝上一口的時候，忽然聽到遠處傳來瞎子的聲音：「鐵娃，快來幫忙！」

鐵娃趕緊將酒壺放下，循聲跑了過去，只見出去探險的同伴從遠方走來，葉青虹抱著平安，瞎子背著麻雀，張長弓的背上也背了一個人。明顯多了一個，鐵娃以為他們途中救了一個，可就算他怎麼想也不會想到竟然真的把失蹤三年的羅獵找回來了。

鐵娃道：「誰？」

小平安開心到了極點，大聲宣佈道：「我爸，是我找到的！」

葉青虹此時心中滿滿的都是幸福，她三年的等待沒有白費，如果不是兒子，誰也不會想到羅獵居然會在這裡出現。羅獵是她的驕傲，兒子是他們的驕傲。

鐵娃激動地跑到張長弓面前：「羅叔，太好了，太好了，我來背您！」

瞎子氣喘吁吁道：「你一點眼力勁都沒有，我……快累死了……」

張長弓心情也格外愉悅，哈哈大笑道：「我沒事，去幫你瞎子叔。」

瞎子將麻雀交給了鐵娃，麻雀抱怨道：「人家張大哥背了一路也沒像你這麼矯情。」

瞎子叫道：「能一樣嗎？羅獵皮包骨頭，比你輕多了。」

麻雀呸了一聲：「胡說八道。」

羅獵雖然身體瘦弱，可精神還算湊合，只是他短時間內還無法開口說話，葉青虹看到他如此模樣，知道他這幾年一定經歷了常人無法想像的磨難。猜測到羅獵應該有一段時間沒有進食了，不敢給他直接吃飯，先盛了些肉湯餵他。

雖然是肉湯，羅獵喝下去也感覺彷彿有刀子正在撕裂開他的食道，他小心翼翼地喝著肉湯，葉青虹望著他的樣子，心疼地落下淚來。

雖然對父親早已沒有了印象，可血脈親情是極其玄妙的，小平安一直守在爸爸的身邊，寸步不離，還乖巧地問：「爸爸，你累不累，我給你捶捶腿。」

葉青虹破涕為笑：「小滑頭，怎麼不見你對我這麼好過？」她向羅獵道：「真不知道你有什麼魔力，我辛辛苦苦帶他三年，感情還比不上你們這會兒功夫。」

羅獵笑了笑，他仍然說不出話，就算能夠開口，他也不知道說什麼好，目前腦海中還處於一片混沌的狀態。他伸出右手，瘦骨嶙峋的大手中握著紫府玉匣，左手中握著玄冰之眼。他將兩樣東西遞給了葉青虹。

葉青虹將這兩樣東西小心收好，找到羅獵的時候，他赤身裸體，身上只帶著這兩樣東西，可見這兩樣東西意義重大。

羅獵喝了碗肉湯，身體舒服了一些。葉青虹讓鐵娃帶著平安先去睡，柔聲向羅獵道：「你累不累？睡吧，我守著你。」

羅獵搖了搖頭，指了指帳篷外面。

葉青虹道：「你想去外面看看？」

羅獵點了點頭。

葉青虹攙起了他，現在的羅獵弱不禁風，葉青虹握著他瘦骨嶙峋的手，鼻子又有些發酸，一切都會好起來的，羅獵終於回來了，只要悉心調養一段時間，他的身體就會康復，葉青虹暗自下定決心，以後不管發生什麼，都不會再讓他離開。

羅獵在葉青虹的攙扶下走出了帳篷，外面的雪停了，其餘人都回到營帳內休息，畢竟這趟探險已經讓大家筋疲力盡，累到倒頭就睡，累到他們忘記了今晚還是除夕之夜，睡醒後就是新的一年。

葉青虹驚奇地發現湖水神奇地上漲到了最初的平面，夜空中群星璀璨。羅獵抬起頭，出神地凝望著星空，此前發生的一切宛如一場幻夢，從兒子的模樣已經推斷出自己離開了三年，這三年發生了太多的事情。

葉青虹的目光捨不得離開羅獵，柔聲道：「前面不遠有個溫泉，你要不要泡個澡？」

羅獵笑著點了點頭。

羅獵恢復的速度要比葉青虹預想得更快，他已經可以自己脫去衣服，進入溫泉，雖然動作還是有些遲緩，可比起最初找到他的時候已經進步了許多。

葉青虹幫助羅獵剪短長髮，又小心幫他將鬍鬚刮得乾乾淨淨，她發現羅獵雖然瘦弱，可是三年的歲月並沒有在他的臉上留下任何痕跡，他皮膚的狀態很好。

葉青虹道：「我還以為你回來會變成一個老頭子，可想不到還是那麼年輕，可是我都已經老了。」

羅獵轉過身，雙手捧住葉青虹的俏臉，他搖了搖頭，以這種方式告訴葉青虹，她一點都不老，在自己心中她永遠都是那麼美麗。

葉青虹在羅獵灼熱的目光下居然又感到他們戀愛時的心動和羞澀，湊上前去，匆匆在羅獵乾裂的唇上吻了一下，然後迅速逃開，柔聲道：「老實點，養好身體再說。」

羅獵的笑容在葉青虹的解讀中有些痞壞，葉青虹意識到可能是自己誤會了他的意思，臉紅得越發厲害，嬌羞滿面的葉青虹讓羅獵怦然心動。直到現在羅獵仍然沒敢接受已經回來的事實。從顏天心那裡得知通天塔可以穿越時空，利用紫府玉匣和玄冰之眼，可以增強通天塔的能量，只要利用通天塔達到兩個時空之間頻率同步，那麼他就可以從未來時空返回到現在。

理論上並不困難，可是在實際的穿越中卻狀況百出，羅獵不慎進入了時空的亂流，長時間找不到過去世界的時空座標，最後還是依靠和兒子之間的意識聯絡，方才重新找回了時間線，突破了空間壁壘，回到了如今的時代。

羅獵從兒子的年齡推斷出自己離開了三年，而自己在時空亂流中迷失方向應該有接近一年了，現實中的一年，在時空亂流中會被放大成一個遙遠且漫長的時間段，羅獵此前甚至認為自己在孤獨中走過了一生，如果不是擁有著超人的意志，他的精神早已崩潰，他會放棄，徹底迷失在時空亂流中，永遠沒有掙扎離開的機會。

往事不堪回首，離開的這段日子對他而言充滿了悲情，他最終無法挽救林格妮的生命，也無法阻止顏天心的離去，幸好他還有機會回來，避免這一時空悲劇的發生。

清晨，羅獵醒來，他發現妻子仍然緊緊擁抱著自己，他理解葉青虹的患得患失，生怕放開自己，自己又會憑空消失，羅獵輕輕移開葉青虹的手臂，雖然他很小心，可是這動作仍然將葉青虹驚醒了。

葉青虹睜開美眸，看到羅獵，馬上下意識地緊緊將他抱住，羅獵笑了起來：「傻丫頭……」這是他回來後開口說的第一句話。

葉青虹聽到親切熟悉的聲音，淚水簌簌而落，在外人面前素來堅強的葉青虹，在羅獵面前頓時變成了一個多愁善感的小丫頭。

羅獵拍了拍她的肩頭，提醒她道：「兒子……」

葉青虹此時方才留意到小平安不知何時從帳篷外鑽了進來，看到父母抱在一起不由得有些發懵。

葉青虹紅著臉放開羅獵道：「平安，你怎麼不敲門啊？」

小平安道：「沒有門啊，媽咪！」烏溜溜的大眼睛仍然盯著羅獵，昨天見到父親的時候，他還是長頭髮大鬍子，今天因為剪短了頭髮，剃掉了鬍鬚，明顯年輕了許多，小平安有些不敢認了。

羅獵笑道：「兒子，讓爸爸抱抱！」

平安望著媽媽，葉青虹嗔怪道：「這是你爸爸，你平時整天都喊著要見爸爸，怎麼？他回來了你不敢認了？」

平安道：「爸爸……」他打開身上的護身符，看了看裡面的照片，然後和眼前的爸爸比對了一下，照片已經完全恢復了正常，眼前的爸爸雖然比照片上瘦了一些，可是平安仍然確定是同一個人。

羅獵道：「乖兒子。」他伸出雙臂，平安終於勇敢地撲入了他的懷裡。

一家三口人離開營帳來到外面，聞到一股誘人的肉香，麻雀他們正在準備早餐，看到羅獵出來，所有人都停下了手頭的工作，張長弓將斧頭楔在木樁上，樂呵呵望著他們一家三口。

麻雀看了一眼，又低下頭繼續包餃子，在煮肉的鐵娃道：「羅叔！」

羅獵點了點頭，笑道：「鐵娃，壯了，也高了！」他將兒子放下，來到張長弓面前，伸出手去，和張長弓滿是老繭的大手緊緊相握。瞎子也走了過去，在他肩上捶了一拳：「咋瘦了那麼多？」

羅獵轉過身給他一個熱情的擁抱，瞎子感動地流下淚來：「你小子都不知道我有多想你。」

葉青虹忍不住道：「差不多得了，不知道還以為你們是兩口子呢。」

眾人同聲笑了起來，羅獵最後來到麻雀身邊，微笑望著麻雀，麻雀的臉紅到了耳根，輕聲道：「吃了不少的苦吧？」

羅獵道：「還行。」麻雀永遠不會知道自己曾經遇到了未來老去的她，還見證了她的離世。想起麻雀孤獨的一生，羅獵心中不由得生出憐意。

麻雀道：「回來就好，大家都想著你呢。」

羅獵道：「餃子包得不錯。」

麻雀道：「今兒是大年初一，帶的麵不多，湊合著吃，怎麼都得來一頓餃子。」

葉青虹道：「麻雀真是心靈手巧。」

麻雀不好意思道：「我可比不上你。」

葉青虹道：「餃子我可不會。」她坐了下來跟著麻雀學習怎麼包餃子。

羅獵和張長弓、瞎子湊在了一起，瞎子摸出一盒煙，羅獵搖了搖頭，表示自己戒煙了。

張長弓道：「他身體那麼弱，別給他煙抽。」

瞎子道：「得，我也不抽了，羅獵，你跟哥們透個底，這三年你跑哪兒逍遙去了？」

羅獵歎了口氣道：「一言難盡。」

瞎子是個打破砂鍋問到底的性子，嘿嘿笑道：「那就多說幾句，反正我們有得是時間。」

羅獵道：「我現在腦子有些糊塗，要不等以後再說？」

瞎子道：「滑頭，你還是個滑頭。」

羅獵岔開話題道：「陸威霖和阿諾他們最近怎麼樣？」

張長弓道：「阿諾回了歐洲，這幾年都沒過來，畢竟那裡才是他的家鄉，陸威霖去參加了抗日軍，整天東奔西走，居無定所的，我們也不好聯絡他。」

瞎子道：「這次如果不是為了找你，我們也不會聚到一起，現在大家各有各的事情，很難像過去那樣聚在一起了。」他停頓了一下道：「不過現在你回來了，一切都會好起來的。」

張長弓道：「過陣子把所有人都召集到一起聚聚。」

瞎子道：「對了，黃浦現在有些麻煩。」

張長弓慌忙給他使眼色，提醒他不要說，畢竟羅獵剛剛才回來，沒必要給他增加心事。瞎子明白了他的意思，笑道：「也算不上什麼大事，等以後慢慢說。」

羅獵仍然處在慢慢的恢復過程中，雖然很想敞開吃一頓餃子，考慮到自己的胃腸功能仍未恢復正常狀態，只是吃了幾個，又喝了一碗葉青虹為他熬的野菜粥，羅獵感覺自己的體力正在慢慢恢復，當然這需要一個過程。

上午的時候又飄起了鵝毛大雪，他們決定下山，返回楊家屯。這裡距離狼牙寨不遠，羅獵和狼牙寨的現任當家遁地青龍岳廣清也非常熟悉，還是他的救命恩人，可羅獵素來不喜歡麻煩別人，而且三年的時光可以改變許多事，他無法保證現在的岳廣清仍然和過去一樣。

離開之前，羅獵又來到火山口，小湖已經恢復了原貌，有些自然現象無法解釋，昨天劇烈下降的水位今天居然就神奇恢復了，可水位上漲之後，水溫發生了變化。

在目前的氣溫狀態下，一夜之間湖面已經封凍，雪落在上面，掩蓋了整面小湖，看上去就是一片平整的雪原，羅獵記得這裡就是當年火山噴發的地方，他和顏天心、方克文三人在火山噴發之時死裡逃生。

那場火山噴發毀掉了連雲寨的數百年基業，顏天心不得不帶著部族西遷，想起顏天心，羅獵的內心不由得感到失落，如果不是顏天心的意識奪回了對身體的控制權，他也不可能在她的幫助下回來，而顏天心卻永遠留在了遙遠的未來時空。

羅獵知道那是她自己的選擇，因為顏天心無法保證她可以永遠控制那具身體，她擔心有一天龍玉的精神重新奪回了控制權，那麼她會做出對羅獵不利的事情。

經歷了這場時空之旅，羅獵對生命已然有了重新的認識，**有些事註定無法改變，珍惜現在，珍惜身邊人才是最重要的**。

第七章

開棺驗屍

事實證明了老秦頭的猜測，驗屍表明，福伯死於中毒，
這種毒藥並非來自於國內，乃是日本暴龍社秘製，
僅憑這一點似乎無法確定福伯就死於日方之手，
這個世界上最恨福伯的人應當是陳昊東，
當年正是因為福伯收羅獵為徒，並力薦羅獵成為盜門門主。

葉青虹和麻雀並肩站在遠處望著羅獵的背影，麻雀道：「為什麼不和他好好談談？」

葉青虹笑了起來：「想說的時候他自然會說，他若不說，我永遠不會問。」

麻雀道：「難道你就一點都不想知道這些年他去了什麼地方？到底發生了什麼事情？」

葉青虹反問道：「重要嗎？」

麻雀愣了一下道：「難道你不關心？」

葉青虹道：「這些年我想的是他能否平安回來，雖然我始終相信，可我的信念也有過動搖，我擔心他出事，擔心他再也不會回來，而現在，他平安回到了我的身邊，雖然瘦了一些，可畢竟平安回來了。」她欣慰道：「上天對我們已經不薄，我相信他，無論發生了什麼事，我都會愛他像從前一樣，現在不會改變，永遠也不會改變。」

麻雀由衷感歎道：「我終於知道為什麼他這麼喜歡你了。」

離開蒼白山之後，羅獵並未選擇直接返回黃浦，他先去了瀛口，身為福伯的關門弟子，他理當前往弔唁。

福伯已經下葬，他的墳就在南滿圖書館西北的公墓，張長弓因為東山島那邊有事，他和瞎子一起都沒有隨行，而是直接前往奉天，經由奉天乘車南下。鐵娃也隨同他們一起離開，只剩下羅獵一家和麻雀留在瀛口，不過這次的分別不會太久，幾人約定，五月端午，全都到餘杭相聚。

福伯的墳墓非常普通，墓碑上刻著他的生日和忌日，照片都沒有一張，為福伯立碑的是盜門滿洲分舵的劉洪根。

羅獵一家將祭品擺上，在福伯的墓前跪了下來，羅獵道：「師父，徒兒不孝，沒能在身邊送您，我回來了，我帶著老婆孩子給您老人家叩頭了。」一家人恭恭敬敬給福伯磕頭。

麻雀也是美眸含淚，等到羅獵一家祭拜完畢，她又獨自祭拜。

羅獵向葉青虹道：「我打算在這裡守上幾日。」

葉青虹點了點頭，她知道羅獵向來重情重義，他是福伯的關門弟子，福伯對他關愛有加，身為弟子理當為師父守孝。葉青虹道：「反正也沒什麼事情，我們多住幾天就是。」

她跟麻雀說了羅獵的想法，麻雀道：「我要儘快回去，玉菲還在黃浦，我擔心她一個人應付不來。」

葉青虹道：「這你倒不用擔心，她暫時不會有危險。」她對此很有把握，蒙佩羅有把柄被她抓住，此前程玉菲之所以能夠絕處逢生，全都是她威脅蒙佩羅，迫使蒙佩羅出面。

回去黃浦給程玉菲幫忙其實只是麻雀的一個原因，主要是她覺得羅獵一家人團聚，自己跟著總不是那麼回事兒，覺得自己多餘，所以才急於離開。她笑了笑道：「陳昊東為人陰險，而且還有個藏在暗處的白雲飛，至少我和玉菲能做個伴。」

葉青虹道：「我們也會儘快返回黃浦，玉菲的事情就是我們的事情，我們一定不會坐視不理。」

麻雀點了點頭道：「你們一家人好不容易才團聚在一起，好好過幾天安生日子，其他的事情暫時不要操心。」

葉青虹道：「你幫我轉告玉菲，讓她凡事不要輕舉妄動，羅獵回來了，任何事等他回去再做處理，還有這件事千萬不要聲張。」

麻雀笑道：「我明白，你放心吧。」

羅獵和葉青虹並肩望著麻雀遠走的背影，葉青虹道：「她對你可真是不錯。」

羅獵道：「怎麼？吃醋了？」

葉青虹挽住他的手臂道：「你當我是個醋罎子？考慮一下，我不介意你多娶一房姨太太。」

羅獵道：「毛病！」他忽然揚起手來，一顆石子向遠處射去，石子射到一塊墓碑上，然後彈射向右側，在另外一塊墓碑上再次彈跳了一下，反射到先前墓碑的後方。

墓碑後傳來哎呦一聲慘叫，一個老頭兒捂著腦袋從墓碑後逃了出來。

葉青虹擋住平安，生怕周圍會有埋伏，不過看情況只有那老頭兒一個。羅獵卻認出了那老頭兒，驚喜道：「老秦頭！」老秦頭是南滿圖書館的車把式，也是福伯的老友，當然他還有另外一個身分，那就是盜門中人，知道老秦頭真正身分的人並不多，羅獵就是其中的一個。

老秦頭捂著腦袋疼得呲牙咧嘴，這還多虧了羅獵沒有搞清目標而手下留情。老秦頭叫苦不迭道：「門……門主……您這個見面禮……真是太重了。」

葉青虹笑道：「你鬼鬼祟祟地躲在墓碑後面，沒開槍打你都是好的。」

老秦頭帶著腦袋上的大包來到羅獵面前見禮，羅獵道：「你一個人？」

老秦頭歎了口氣道：「人走茶涼，現在的人勢利得很。」他看了看羅獵：

「門主，您這趟走的時間可真是夠久。」

羅獵笑了笑，並沒準備向他解釋。低聲道：「我師父走得還安穩嗎？」

老秦頭向周圍看了看道：「這裡不是說話的地方。」

羅獵一家跟著老秦頭來到公墓旁邊的小屋，原來老秦頭已經成了這裡的守墓人，老秦頭請羅獵坐下，又去燒水泡茶，葉青虹讓他跟羅獵說話，她去做這些事。

老秦頭道：「長老的葬禮是劉舵主出錢給辦的。」他口中的劉舵主是滿洲分舵舵主劉洪根。

羅獵心中暗忖，這劉洪根倒還是一個重情義之人。

老秦頭道：「長老生前就多次表明葬禮務必要低調，所以也沒請什麼，是劉舵主堅持要辦，可葬禮當日也沒來什麼人。」

羅獵對此也表示理解，世態炎涼，福伯儘管德高望重，可也已經淡出多年。

老秦頭道：「連常柴和劉洪根都沒來。」

常柴是福伯一手提拔而起，可以說福伯對他恩重如山，他不來的確有些說不過去，而劉洪根不來就更有些奇怪了，他是滿洲分舵舵主，而這裡正屬於他的勢力範圍，更何況福伯的葬禮還是他要辦的，連主辦人都不出場，實在是有些奇怪。羅獵隱約覺得這件事沒那麼簡單，其中可能另有玄機。

老秦頭道：「我聽說劉洪根被抓了。」

羅獵道：「被抓了？」難怪劉洪根沒有在葬禮上出現。

老秦頭又道：「常柴失蹤了。」

羅獵點了點頭，他聽說了一些盜門的事情，不由得聯想起陳昊東在黃浦的出現，難道這一切都和陳昊東有關？羅獵道：「我師父走得安穩嗎？」

老秦頭猶豫了一下，此時葉青虹泡好茶送了過來，老秦頭起身連連道謝，葉青虹道：「你們聊著，我帶兒子去外面轉轉。」

等葉青虹離去之後，老秦頭方才道：「其實有件事我一直都覺得奇怪，長老去世的前幾天，身體狀況不錯，可突然就去世了。」

羅獵道：「你懷疑，我師父不是自然死亡？」

老秦頭道：「我也就是這麼一說，又沒什麼證據。」

羅獵道：「有沒有進行屍檢？」

老秦頭道：「那哪行啊，人都死了，怎麼可以再折騰他的遺體，那是對長老的大不敬啊。」

羅獵道：「讓我師父死不瞑目才是對他老人家的大不敬。」

老秦頭道：「您的意思是……」

羅獵道：「開棺驗屍！」

事實證明了老秦頭的猜測並不是毫無理由的，驗屍表明，福伯死於中毒，這種毒藥並非來自於國內，乃是日本暴龍社秘製，僅憑這一點似乎無法確定福伯就死於日方之手，這個世界上最恨福伯的人應當是陳昊東，當年正是因為福伯收羅獵為徒，並力薦羅獵成為盜門門主。

羅獵自從知道黃浦發生的事情，就開始懷疑福伯的死並沒有那麼簡單，屍檢之後已經確定福伯死於一場精心佈局的謀殺。

現在的瀛口已經完全被日方勢力所控制，羅獵這兩天都在忙於屍檢的事情，今日剛剛將福伯的屍體火化後重新安葬，一切都進行得非常隱秘，其實在福伯死後已經無人對這個去世的長老報以太多的關注。

羅獵回到旅館的時候天已經黑了，外面劈哩啪啦地響著鞭炮聲，小平安正鬧著要出門打燈籠，見到父親回來，迎上去帶著委屈道：「爸爸，我想出去看花燈，可是媽咪不讓我去。」

葉青虹笑道：「這小子居然學會告狀了。」她是為兒子的安全著想，瀛口是日方勢力控制，最近接連發生多起刺殺日本軍官的事件，日方加強了戒嚴，氣氛也顯得非常緊張，再說羅獵還沒有回來。

羅獵道：「今兒是元宵節，外面挺熱鬧。」

葉青虹道：「那咱們就帶他出去逛逛，這小子可憋壞了。」這幾天她和平安多半時間都待在旅館內。

羅獵點了點頭道：「有點飄雪，穿厚些。」

葉青虹又給兒子加了件外套，一家人這才出門，因為是元宵節，街道上有不少出來打燈的人們，北方人對元宵節的重視不如南方，不過也隨處可以看到出來遊玩的人們，日方為了跟當地百姓緩和氣氛，特地在老龍頭附近搞了一個燈展，當然花燈都是由瀛口本地的匠人製作的。老百姓也帶著孩子打著自己手工製作的花燈聚到這裡，因為這個節日，他們的臉上也出現了久違的笑容。

小孩子都喜歡熱鬧，小平安牽著父母的手在燈市上遊玩，開心得笑聲不斷。

羅獵給他買了個冰糖葫蘆，小平安先給媽媽咬了一口，又遞給爸爸。

羅獵看到他小小年紀就懂得孝順，對葉青虹道：「我不在的這段時間辛苦你了。」

葉青虹道：「知道我辛苦以後就對我好點，不許你再離開了。」

羅獵笑著點了點頭道：「我保證，不過……」

葉青虹道：「不過什麼？」她感覺到羅獵話裡有話。

羅獵道：「師父的事情不能就這麼算了，這件事我打算徹查清楚。」

葉青虹其實早就猜到他一定會為福伯報仇，輕聲歎了口氣道：「一日為師終身為父，他老人家的事情咱們當然不能袖手旁觀，只是這件事之後，我不想你再過問江湖上的是是非非。」

羅獵點了點頭道：「我答應你。」

葉青虹溫婉一笑，挽住他的手臂，兩人跟在兒子的後面繼續向前方走去，羅獵道：「國內的局勢越來越緊張，我想你帶著平安先回歐洲。」

葉青虹道：「怎麼？才見面就趕我走啊？嫌我們娘倆兒煩是不是？」她當然知道羅獵不是這個意思。

羅獵道：「我回來的消息很快就會傳開，我是擔心別有用心之人會打你們的主意。」

葉青虹道：「我不怕！」

羅獵道：「總之我答應你，這邊的事處理完後，馬上去歐洲和你們團聚。」

葉青虹還沒有表態，遠處突然傳來了一聲爆炸，距離老龍頭不遠的地方有輛汽車發生了爆炸，一時間火光沖天，現場頓時亂成了一團，觀燈的人們被這突如其來的爆炸嚇得四處逃竄。

羅獵慌忙將兒子抱起，護住葉青虹，他們也隨著人群離開，沒有走出太遠就看到十多輛汽車載著憲兵到來，他們搶在憲兵封鎖現場之前回到了旅館。

小平安經過了這場風波還是受到了驚嚇，晚上發起燒來，羅獵和葉青虹為了照顧兒子也是徹夜未眠。

葉青虹臨近天亮的時候方才睡去，可睡了沒多久，就被前來查房的憲兵吵醒。羅獵將憲兵打發走之後，看到葉青虹被吵醒，他笑道：「再去睡一會兒，昨晚一夜都沒合眼。」

葉青虹道：「你也不是一樣？」她去看了看兒子，兒子已經退了燒，只是現在仍然在熟睡。

羅獵道：「平安沒事了，我剛給他量過體溫，已經恢復了正常。」

葉青虹道：「整個滿洲都不太平，日本勢力不斷滲透，老百姓都是在自發反抗侵略，張凌峰和徐北山這兩個大軍閥壓根不敢出頭。」

羅獵道：「國家興亡匹夫有責，普通老百姓要比這些軍閥有血性得多。」

葉青虹道：「可老百姓的力量終究太薄弱了。」

羅獵道：「千萬別忽視了百姓的力量，最終能夠把侵略者趕出去的還是百姓自己。」

葉青虹道：「給我講講以後的事情，讓我心裡也好過一些。」

羅獵道：「天機不可洩露。」

葉青虹道：「跟我還保密啊？」

羅獵笑著將她擁入懷中，輕聲道：「床上說。」

葉青虹點了點頭，緊緊偎依在他懷中。此時小平安哭了起來，兩人趕緊來到小床邊，平安揉著眼睛醒了過來，看到父母都在身邊，這才稍稍安心了一些，抽抽噎噎道：「我又聽到爆炸了。」

羅獵道：「不是爆炸，是鞭炮聲。」其實外面此時響起的並不是鞭炮聲，而是一陣急促的槍聲，自從昨晚的爆炸發生之後，瀛口城內已經不許隨意鳴放鞭炮。

葉青虹去給兒子倒了一杯蜂蜜水，餵他喝了，羅獵來到窗前，拉開窗簾的一角，透過玻璃窗望去，看到街道上正有一個人在飛奔著，後面三名日本憲兵窮追不捨。

槍聲接連響起，三名日本憲兵被潛伏在暗處的狙擊手擊斃。

羅獵放下窗簾，回到兒子身邊。小平安道：「又放炮了。」

羅獵笑道：「是啊！」他哄兒子再次睡著，將葉青虹叫到客廳，低聲道：「此地不宜久留。」

葉青虹其實也是這個意思，這兩天瀛口每天都會有槍擊案發生，日本憲兵明顯加強了戒備，每天都有無辜的市民被抓，他們之所以在瀛口停留那麼長的時間，一是因為福伯的事情，羅獵堅持驗屍，重新安葬福伯之後又特地在此守孝。

葉青虹道：「那，咱們明天就走。」

羅獵點了點頭：「我還要去一趟奉天。」

葉青虹道：「我先回歐洲。」

羅獵不由得一怔，以為自己聽錯了，畢竟此前葉青虹始終都堅持不肯離開，為何會突然改變了主意？

葉青虹道：「我想了想，你說得對，我們娘倆留在這裡肯定會讓你分心，再說歐洲也不太平，我準備回去將小彩虹和餘慶他們接走，去北美讀書。」根據羅獵描述的歷史，在不久以後，即將爆發一場席捲整個歐洲的戰爭，只有北美才是躲避戰火的地方。

羅獵握住葉青虹的手道：「辛苦你了。」

葉青虹笑道：「夫妻需要這麼客氣嘛？」

羅獵道：「這邊的事情處理完之後，我馬上去找你們。」

葉青虹道：「不用你去，我安頓好孩子們之後，我會回來找你。」

羅獵笑了起來：「怎麼？你對我還不放心？」

葉青虹柔聲道：「不是不放心，而是捨不得離開你，想時時刻刻陪在你身邊。」

在她的溫柔面前，羅獵也是心旌搖曳。

敲門聲打斷了兩人的談話，羅獵起身來到門前，來的是老秦頭，事實上除了他之外，也沒有其他人知道他們一家住在這裡。老秦頭進來後向兩人行禮，羅獵讓他不用客氣，請老秦頭坐下。

葉青虹泡好茶送了過來，老秦頭誠惶誠恐，雖然他年齡很大，可畢竟尊卑有別。

老秦頭今天過來是特地向羅獵稟報消息的，他派人打聽了消息，滿洲分舵舵主劉洪根目前被抓了起來，關押在奉天的一座監獄，罪名是謀殺。據說是懷疑他和年前發生的刺殺日本商人佐藤一雄案有關。

羅獵心中暗忖，在他離去之前，將盜門委託給兩人管理，一是劉洪根，他負責北方，二是常柴，他負責南方，現如今常柴不知所蹤，而劉洪根也以殺人罪被抓，而這一切都是在陳昊東重出江湖之後發生的，應該不會是巧合。

老秦頭道：「我聯絡了滿洲分舵的弟兄，有許多骨幹都被抓走了，現在人心惶惶，難道這就是咱們盜門的劫數嗎？」

羅獵道：「你不用擔心，盜門不會有事。」

老秦頭點了點頭道：「現在門主回來了，一切都好了。」

突如其來的一場寒流，讓奉天一夜之間又回到了寒冬臘月，馬路上結了一層薄冰，來往車輛行人都小心翼翼的，然而仍舊有人不時地滑倒，大帥府前的路段昨天還灑過水，路面跟鏡子一樣，這裡成了重災區，副官氣得正在門口呵斥幾名衛兵，指揮他們向冰面上鋪設稻草。

眾人正在忙著的時候，一輛黑色轎車駛了過來，衛兵上前將轎車攔住，車窗落了下來，身穿黑色大衣帶著墨鏡禮帽的羅獵冷冷看了那衛兵一眼：「大帥在不在？」

幾名衛兵被羅獵的氣勢給震住，慌忙去通報副官，副官大搖大擺地來到車前：「大帥不是什麼人都能見的，你提前有約嗎？」

羅獵將一張名片遞給了那副官，副官接過名片，發現名片是用純金製成。先聲奪人，羅獵深諳心理之道，那副官接到名片，注意力壓根不在羅獵的名字上，內心中已然對來訪者多了幾分尊重。

羅獵道：「我和大帥是老朋友，勞煩這位兄弟幫我通報一聲。」那副官點了點頭，轉身去了，不一會功夫就見他回來了，神情更多了幾分恭敬，示意門前衛兵放行。

羅獵將車停好，那副官已經過來主動為他拉開了車門，恭敬道：「羅先生，大帥在三樓會客廳等您，我為您引路。」

羅獵笑了笑，這副官顯然也是個有眼色的主兒。

徐北山聽聞羅獵來訪也是吃了一驚，他已經有些年頭沒有聽到這個名字了，他是羅公權的義子，也是他的大徒弟，從這方面來論，他應當叫羅獵一聲師侄，即便是沒有這層關係，他也欠羅獵一個人情，羅獵曾經救過他的兒子家樂，這件事是抹煞不掉的。

徐北山曾經聽過羅獵失蹤的消息，一個失蹤那麼多年的人，突然現身，肯定是有原因的。

親眼見到羅獵，徐北山方才相信眼前人並非冒充，只是眼前的羅獵比起印象中瘦了許多，臉色也顯得蒼白，徐北山哈哈大笑，他比起幾年前身體越發硬朗了，只是新增了一些白髮。

羅獵微笑道：「師伯！」

徐北山聽到他稱呼自己為師伯而不是大帥，就明白羅獵這次是要人情的，他迎上前去，雙手在羅獵的肩頭拍了拍道：「賢侄，這幾年你去了哪裡？怎麼連一點消息都沒有？」

羅獵道：「一言難盡啊，遇到了一些麻煩事，所以一直抽不開身，直到現在方才有時間前來拜會師伯，還望師伯不要怪我。」

徐北山道：「一家人說什麼客氣話。」他拉著羅獵坐下，讓侍衛官去泡茶，又叮囑道：「去明湖春給我訂最好的位子，中午我爺倆兒要好好喝上幾杯。」

羅獵也不是空手前來，先把送給徐北山的禮物呈上，乃是一塊手錶。

徐北山也是見過世面的人，一看就知道價值不菲，他客氣道：「賢侄，這禮物實在是太隆重了，我不能收，不能收。」

羅獵道：「師伯千萬別跟我客氣，也不是什麼貴重禮物。」

徐北山客氣了一下也就收了下來，喝了口茶道：「家樂前幾天剛去北平，他還特地提到了你。」

羅獵道：「他現在應該已經是個大小夥子了。」

徐北山笑道：「可不是嘛，長高了也變帥了，比我都高，也懂事了，說起來多虧了你。」他隨身帶著兒子的照片，找出照片拿給羅獵看，羅獵接過一看，昔日的小傢伙如今真成了一個魁梧少年，他不由得想起了自己的女兒，此番回來還沒有來得及見她，如果小彩虹知道自己回來了，該不知要有多高興。

羅獵道：「恭喜師伯後繼有人。」

徐北山呵呵笑了起來，然後又搖了搖頭道：「我在他眼中就是個土包子，老嘍！」

羅獵道：「誰不知道您是滿洲赫赫有名的大帥。」

徐北山道：「有名無實罷了，這些年罵我的倒是真不少。」

羅獵故意道：「有嗎？誰敢啊？」

徐北山道：「罵我勾結日本人，罵我賣國求榮，多了去了。」

羅獵道：「這我倒是有所耳聞。」

換成別人對他說這句話，徐北山早就翻臉了，可他知道羅獵不是普通人物，也沒那個必要跟他翻臉，他故意道：「賢侄，連你也這麼想？」

羅獵道：「每個人都有自己的想法，也都有自己的選擇，我這個人向來對政治沒什麼興趣，與我無關的事情我也懶得過問。」

徐北山道：「你來找我沒別的事情？」他才不信羅獵隔那麼久突然出現就是為了探望自己這個師伯。

羅獵道：「我有幾個朋友被抓了。」

徐北山面不改色道：「誰啊？」

羅獵道：「劉洪根，您聽說過沒？」

徐北山道：「這個人啊，我還真聽說過，這可是殺了日本商人佐藤雄一的嫌疑犯。」

羅獵道：「這麼嚴重啊？」

徐北山道：「相當嚴重，他是你朋友啊？」

羅獵點了點頭道：「師伯知道我跟盜門的關係吧？」

徐北山若是說不知道那肯定是裝傻，羅獵是盜門門主的事早已傳遍江湖，徐北山是江湖出身，對江湖上的事一直都有留意，他歎了口氣道：「這事，我還真幫不了你。」

羅獵道：「不好辦那就算了，我總不能為難師伯，要不您安排我見見他們？」

徐北山本以為羅獵會求自己放過他們，想不到羅獵以退為進，安排羅獵和幾人見面倒不是什麼難事，徐北山點了點頭道：「沒問題。」

劉洪根作為重刑犯被關押，本以為到死都不會有人前來探望，可沒想到居然有人來探望自己，更沒有想到來探望他的是失蹤三年的門主羅獵，劉洪根見到羅獵，如同看到了救星，只叫了聲門主，就喉頭哽咽地說不出話來，其中有感動也有慚愧。感動的是羅獵能來看他，慚愧的是自己有負羅獵所托，非但沒把盜門發揚光大，甚至連自己都照顧不好。

羅獵道：「劉大哥，吃了不少苦吧？」

劉洪根滿臉傷痕，在獄中被嚴刑拷打，不過他至今仍然沒有承認，他苦笑道：「吃苦不怕，就怕被人冤枉，那小日本真不是我殺的。」

羅獵點了點頭道：「知道，無怨無仇的，殺人也得要有動機。」

劉洪根道：「門主您回來就好了，這幾年咱們群龍無首，我也沒什麼本事，現在鬧到這種地步真是沒臉見您。」

羅獵道：「話不能這麼說，時局動盪，在這種環境下能帶著兄弟們吃飽飯已經很不容易了。」

劉洪根歎了口氣道：「我連長老的葬禮都沒來得及參加。」

羅獵壓低聲音道：「我師父是被人害死的。」

劉洪根聞言一怔，臉上浮現出怒不可遏的神情：「怎麼會這樣？」

羅獵道：「我懷疑盜門新近出現的一連串事情，全都是有人精心策劃的陰謀。」

劉洪根道：「讓我查出是誰在背後搗鬼，我一定不會放過他。」說完他又想到自己現在的處境，也只能是說說罷了，自己現在根本就是泥菩薩過江，自身難保。

羅獵看出他的頹喪，安慰他道：「你不用擔心，總會找到脫困的辦法。」

劉洪根道：「別管我了，他們硬要把罪名安在我的頭上，死的是日本人，這罪名不輕。」他低聲將分舵關鍵人物的聯絡方法告訴羅獵。

徐北山料到羅獵不會輕易放棄，果不其然，羅獵很快就第二次拜訪了他。

這次是在家裡，羅獵仍然沒有開門見山直奔主題，而是跟徐北山談論過去，說了一些爺爺當年的事情，徐北山是一隻老狐狸，認為羅獵是想用感情綁架自己，他故意岔開話題道：「賢侄啊，你見過大世面，對當今國內局勢怎麼看？」

羅獵道：「當今的形勢我說不太好，不過以後的大勢我卻能夠肯定。」

徐北山道：「哦？說來聽聽。」

羅獵道：「用不了多久，各國列強都會被趕出去，咱們中國還是咱們中國人自己當家做主。」

徐北山道：「說得容易。」

羅獵道：「中華上下五千年，被強敵侵略無數次，又有哪次沒有取得了最終的勝利？」

徐北山想了想道：「那是過去，刀槍對刀槍，弓箭對弓箭，現如今咱們還用土槍土炮，人家都是飛機大炮輪船，還沒等看到人家的影子，已經被炸得血肉橫飛。」

羅獵道：「師伯現在的做法，是最大限度地保存實力了？」

徐北山被他問得沉默下去，他歎了口氣道：「得過且過，這世上最好當的就是英雄，振臂一呼，慷慨就義，可真要這麼做，又有什麼意義？」

羅獵看出徐北山有他自己的盤算，他對目前的境況應該是不滿的，可是因為實力所限，他無法和日本人抗衡，如果公開對抗，等待他的只能是全軍覆沒，所以他才虛與委蛇，正因為此，徐北山得到了一個漢奸的罵名，從徐北山的言語中能夠看出他是在等待機會。事實上他就是一個功利主義者，希望盡可能地減少損失，博取最大的利益。

羅獵道：「若是人人都像您這麼想，恐怕整個中華早已淪陷了。」他這句話說得不可謂不重，徐北山沉默了好半天都沒有說話。

羅獵道：「咱們還是別談國事，師伯，您給我兜個底兒，劉洪根的案子是不是有確鑿的證據？」

徐北山道：「有證據，但不夠充分，不過日本人想讓他死。」麻煩就在於此，如果此案涉及的不是日本人，就算劉洪根真殺了人，徐北山也有辦法讓他無罪開釋。

羅獵道：「師伯，我不瞞您，這件事我已經讓人查出了眉目，有人在背後搞鬼，針對盜門的幾大骨幹下手，劉洪根只是其中之一。」

徐北山道：「你的意思我明白，可這事兒的確有些棘手。」

羅獵道：「家樂最近頭疼病有沒有犯過？」一句話就將徐北山問得愣住了，老奸巨猾如徐北山馬上意識到羅獵不會平白無故的這樣問，說起來家樂的頭疼病已經困擾他多年，幾乎每年都會間歇發作，為此他找了不少的醫生，可始終查不出病根，幾年前，羅獵曾經和家樂見了面，那次之後的確有所減輕，可並未除根。

徐北山意識到羅獵應該在當年留了一手，心中頓時有些不高興，他認為羅獵心機夠深，居然利用這種方法來要脅自己。

羅獵原本並沒有這個意思，他對家樂的狀況非常清楚，拋開家樂是否是徐北山的親生骨肉不言，風九青已經將這個意識深植於徐北山的心中，在他看來家樂就是自己的親兒子無疑。

至於家樂的頭疼病，歸根結底是風九青在他的腦域中藏入了黑日禁典的意識，甚至連家樂自己都不清楚這個秘密，羅獵上次和家樂見面時利用自己的精神力盡可能地幫助家樂減輕腦域中的壓力，可是羅獵當時做不到徹底修復他的腦域，而現在羅獵擁有了玄冰之眼，已經可以治癒家樂。

如果沒有劉洪根的事情，羅獵同樣會幫助家樂，連他都沒想到局勢的發展會將治療家樂的事情變成了一個討價還價的條件。

徐北山心中的不悅已經顯露在了臉上，以他的身分和地位，仍然願意擺出一家人的架勢和這位師侄說話，可羅獵居然要脅自己，從小了說是不敬，從大了說這小子實在是自視甚高，以為能跟自己平起平坐的談條件了？

徐北山有種想要發火的衝動，不過他終究還是成功控制住了，不是因為他念及師父的恩情，而是他認識到一個現實，家樂是他最疼愛的兒子，如果說這個世界上還有一個人讓他真正關心，值得他付出一切甚至獻出生命的話，這個人只能是家樂。

為了兒子，他只能選擇忍讓，徐北山在短暫的憤怒之後，馬上哈哈大笑起來，他的笑聲如陽光驅散了烏雲，他的表情看起來非常的爽朗可親，可羅獵卻從他凝結的目光中看出了他對自己的仇視。

羅獵並不在乎徐北山的感受，從一個掘金盜墓的江湖小輩搖身一變成為了威震滿洲的一方大隸，這其中經歷了多少艱辛只有徐北山自己知道，能夠有今天的成就，不是單憑著努力和運氣就能夠達到的，若無超人一等的心機和手段根本無法做到。

羅獵一開始的時候原指望著師門的情意能夠起到一些作用，徐北山念在和爺爺的師徒之情或許會給自己這個面子，對劉洪根網開一面，可上次見面之後，羅獵就明白根本沒有任何用處。

既然感情沒用，錢沒用，只能採取價值交換的辦法，還好羅獵知道徐北山看重什麼，他端起几上的咖啡，聞了聞然後才慢條斯理地啜了一口道：「咖啡不錯。」

徐北山道：「不管喝什麼，跟心情有關。」

羅獵道：「那倒是。」

徐北山仍然在考慮，他取出了一支雪茄，羅獵走過去，非常體貼地幫他點上，徐北山道：「罪名是沒辦法洗清的，不過人若是死了，就不會有麻煩。」

羅獵點了點頭道：「我可以保證他們會徹底消失，不會給您留下任何的麻煩。」

徐北山對這個師侄真是欣賞，難怪他那麼年輕就能夠成為盜門的領頭人，自己剛才的話說得夠隱晦，他居然還聽得明明白白，羅獵說的徹底消失絕不是要幹掉那幫手下的意思，否則他也不會過來跟自己談條件。

劉洪根幾人壓根沒有想到還有機會活著出去，這和羅獵的努力有著直接的關係，徐北山答應了羅獵的條件，在死刑犯中找了幾個替死鬼，讓人槍斃了事，其實這種事情最重要就是個交代，死去的日本商人佐藤一雄其實就是正常死亡，根本不是什麼謀殺，是日方想要對付盜門滿洲分舵。

劉洪根幾人被釋放之後，即刻離開了滿洲，雖然他們這次僥倖躲過一劫，可短時間內是不可能再踏上滿洲的土地了。

羅獵信守承諾，在奉天等了幾天，前往北平遊玩的家樂回來了，見到羅獵也是非常高興。

如今的家樂已經成了一個又高又壯的小夥子，他熱情地稱呼羅獵為大哥，想起最初見面的那個胖小子，圍在自己身邊口口聲聲叫著叔叔，羅獵不由得感歎時光如梭。

家樂這次回國倒不是因為他學業有成，事實上這小子在學習上沒有任何建樹，去北美待了幾年，甚至連一句像樣的英語都不會說，倒是學了一身厲害的西洋拳回來。

按照正常返校時間，他現在應該已經回去上學了，可他不肯去，找了無數個藉口要在國內待著，徐北山對他向來寵溺，拗不過他，只好由著他留在國內。徐北山答應羅獵的條件之餘，又外加了一個條件，他讓羅獵幫忙勸勸兒子趕緊回去上學，這小子回來的時間雖然不長，可捅的簍子不少，再加上徐北山的敵人不少，兒子在國內一天，他就得保障兒子的安全，為此耗費了不少的警力，雖然是對兒子的關心，可兒子卻不領情，反而說他限制自己的自由。

羅獵道：「你小子怎麼不回去上學？」

家樂笑道：「是我爹讓你幫忙勸我的吧？」

羅獵不置可否地笑了笑。

家樂道：「這麼喜歡讀書，他怎麼自己不去念？」

羅獵道：「哪個父親不是望子成龍，他對你一片苦心，你可千萬不可辜負。」

家樂道：「大道理我懂，可是我偏偏就讀不得書，只要一看書，我就頭疼不已。」

羅獵道：「頭疼得厲害嗎？」

家樂點了點頭道：「厲害！」

羅獵讓他睡下，將他催眠，幫助他檢查了一下腦域，家樂的頭疼病應該是當年風九青在他腦域中收藏黑日禁典留下的後遺症，想要完全修復需要一定的時間。

羅獵在滿洲現身的消息傳到了黃浦，最初聽到這個消息，陳昊東將信將疑，他先是覺得可能性不大，畢竟羅獵已經失蹤太久，根據他掌握的情況，羅獵應當是在西海和風九青同歸於盡了。

可隨著越來越多消息的傳來，還有人說在滿洲見到了羅獵，陳昊東就有些相信了，他因此而感到不安，現在羅獵仍然是盜門的宗主，如果他真的回來，極有可能一呼百應，自己想要重新奪回權力的目的就要落空。

自從常柴神秘失蹤之後，整個黃浦分舵就處於群龍無首的狀況，昔日盜門的許多子弟紛紛投入到梁再軍的門下，因為梁再軍當初也被逐出了盜門，所以在表面上他和盜門並無關係。

梁再軍在公共租界開了一間名為振武門的武館，因為他本身武功不錯，門下弟子收了不少。

如果不是要緊事，陳昊東也不會主動登門，梁再軍將陳昊東請到了後院，從他緊鎖的眉頭就看出他心情不好，在梁再軍看來，現在沒有什麼煩心事，幾個眼中釘或被他們消滅，或者離開了黃浦，他們和租界的上層關係也很好，而且最重要的是他們找到了靠山。

梁再軍道：「陳先生有事情吩咐？」他知道陳昊東是無事不登三寶殿，十有八九又有任務交給自己。

陳昊東歎了口氣道：「你有沒有聽說羅獵的事情？」

梁再軍道：「倒是聽說了，最近有消息說他出現在了滿洲，說得有鼻子有眼的，可我這個人從來都是耳聽為虛，眼見為實。沒有親眼見到的事情，誰知道真假？」

陳昊東道：「假的真不了，真的假不了。」

梁再軍道：「我看這事兒十有八九是假的，羅獵都失蹤了三年多，當初他是跟風九青一起離開的，據說消失在了西海，為了這件事，我還特地派人去打聽，當時羅獵和風九青一起進入了西海，進去之後就沒能再浮上來，這事兒我能夠確定，絕不會有錯。」

陳昊東道：「凡事皆有例外，你的消息也未必確實。」

梁再軍道：「應該不會有錯，您想想，羅獵如果活著，怎麼會那麼久都不出現？我看這件事很可能是有人在故意放風，想在盜門內部製造混亂，搞不好就是麻雀那些人。」

陳昊東道：「空穴來風，未必無因啊。」

梁再軍道：「別說羅獵早已死了，現在就算他活著也興不起什麼風浪，給他撐腰的老傢伙死了，黃浦分舵形同虛設，常柴和他的勢力已經徹底被咱們清除。整個長江以南已經在您的實際控制之中。至於滿洲分舵，劉洪根和他的骨幹力量都被槍斃，盜門也被當地政府定性為非法組織，剩下的這些蝦兵蟹將又能翻起什麼風浪呢？」

陳昊東道：「別忘了鐵手令。」

梁再軍道：「都什麼時代了，鐵手令用來震懾沒見識沒膽色的小輩或許還有些作用，其實現在門中，又有幾人親眼見到過鐵手令？只要我想，隨時都能讓人做出幾百個。」可能是覺得自己的這句話說得有些過大，梁再軍笑了笑道：「您才是正宗嫡系，誰不知道您才是有資格擔任門主位子的人？當年是被奸人所害。」

陳昊東聽他說得在理，不錯，都什麼時代了，可能在乎鐵手令的只有自己，當年如果不是執著於尋找鐵手令，說不定自己早就成了門主，當然也和福伯的反對有關。

陳昊東道：「既然有消息，咱們也不能太過大意。」

梁再軍看出他的不安，應該是當年被羅獵嚇破了膽子，到現在仍然還是害怕，他點了點頭道：「陳先生，我馬上在火車站碼頭加派人手，只要他在黃浦出現，我會第一時間掌握他的動向。」

第八章

把柄在人家手裡

蒙佩羅產生的第一個想法就是羅獵又來要脅自己，
內心中不由得感到鬱悶，自從葉青虹拿出那份黑資料之後，
他們之間就不可能再是朋友關係，可蒙佩羅也不敢得罪他們兩口子，
畢竟把柄在人家手裡，萬一撕破臉皮，倒楣的只能是自己。

此時的羅獵正坐在南下的火車上，和他一起離開的還有劉洪根、葛立德，這兩人都是滿洲分舵的負責人，也是這次因涉嫌謀殺日本商人佐藤一雄被捕入獄的。

三人都化了妝，對他們這行來說，易容本來就是家常便飯，更何況還有羅獵這位福伯的高足，他們都化妝成了六十多歲的老人，葛立德還是偽造證件的高手，利用他偽造的證件順利登上了火車。

火車過了山海關，劉洪根就發現車站上有不少的盜門弟子出沒，他們這一行眼睛很毒，尤其是自己人，基本上一眼就能識破，劉洪根壓低聲音將這一狀況告訴了羅獵，他覺得不同尋常。

羅獵不以為然地笑了笑道：「天下沒有不透風的牆，有人肯定不想我回黃浦。」

劉洪根道：「是我給先生惹了麻煩。」這也是他們事前的約定，路上不再用門主的稱呼。

羅獵淡淡笑了笑，此時又有乘警過來檢查車票證件，三人的車票都是真的，不過證件是假的，葛立德一邊咳嗽一邊將證件遞了過去，乘警掃了一眼就還給了他，根本沒有看出破綻。

劉洪根故意凹著一口膠南口音道：「長官，不是剛剛查過，怎麼又要檢查了？」

那乘警瞪了他一眼道：「有通緝犯混進了車裡。」

劉洪根笑道：「俺們可都是良民啊。」

乘警切了一聲道：「就憑你，只怕沒有殺人的本事。」他將檢查過的證件和車票拍在了劉洪根的手裡。

乘警準備向下繼續檢查，卻聽到後方傳來一聲憤怒的斥責聲：「流氓，你占老娘便宜！」隨後響起了一記響亮的耳光，眾人望去，卻是後方通道中的一對男女發生了衝突，兩名乘警被他們的動靜吸引了注意力，走過去阻止，而此時一名戴著禮帽的男子來到羅獵和劉洪根之間擠著坐了下去，劉洪根正想說話，那男子做了個手勢，劉洪根心中一怔，此人所展示的正是盜門獨有的手勢。

劉洪根站起身來，那男子趁機向窗口挪去，羅獵也起身裝出看熱鬧的樣子，其實是掩護那名突然加入的男子。他們已經看出，那兩名發生衝突的男女和此人是一夥的，他們之所以鬧出動靜就是為了吸引乘警的注意力，好讓這名男子有足夠的時間藏起來。

從接下來的車廂內也過來了一名乘警，他們制止了那對男女的衝突，然後繼續查票，因為剛剛查過羅獵這邊，所以他們並沒有向這邊多看，和那名可疑的男子擦肩而過。

乘警離去之後，那名戴禮帽的男子向羅獵笑了笑道：「多謝了！」

劉洪根道：「西邊的？」

男子道：「喇叭口黃家。」

劉洪根點了點頭，他已經確定男子是盜門中人。

那男子躲過檢查，也沒有長時間逗留，馬上向下一車廂轉移。

劉洪根低聲向羅獵解釋道：「應當是西涼一支的，和這邊不同，他們主要是取。」盜門中盜和取是不同的，盜是在對象並無察覺的狀況下竊走他人財物，而取就直接粗暴得多，簡單地說就是攔路搶劫打家劫舍。雖然過去是盜門中的一支，可是在清末就已經不再受盜門的管束，更不會參與盜門的事務。

這一路都不太平，不但乘警頻繁檢查，經過魯地的時候還遭遇了爬車搶劫，不過並沒有人對羅獵三人的身分產生懷疑，坐著這輛晃晃悠悠的火車，他們總算是有驚無險地來到了黃浦。

按照羅獵的意思，劉洪根和葛立德其實沒必要跟隨自己來黃浦，畢竟兩人方才脫困不久，應該好好休整一下，可兩人卻堅持前來，因為他們憋著一股勁要查清他們被陷害的真相，更何況福伯的驗屍結果表明老人家是被害死，此仇不報，他們義憤難平。

他們一下火車就感覺到異樣的氣氛，火車站遊蕩著許多盜門弟子，其實各地火車站都是盜門弟子時常出現的地方，畢竟這裡人流量大，便於下手盜竊，可縱然如此，劉洪根也被這邊盜門弟子的數量驚住了，一個火車站至少有數百名盜門弟子在來回遊蕩，劉洪根認為這幫人極有可能是為羅獵而來，應該是事先就得到了羅獵可能返回黃浦的消息。

別看火車站安排了數百名耳目，可這麼多人對羅獵三人仍然視而不見，沒有一個人能夠識破他們的本來身分。

當晚三人順利來到了公共租界的朝陽旅社，這裡距離虞浦碼頭不遠，那碼頭是羅獵的產業，過去羅獵時常來這裡，親自參與虞浦碼頭的重建，所以對這一帶非常熟悉。

羅獵並未在這裡入住，而是直接前往法租界拜訪法國領事蒙佩羅。

蒙佩羅聽聞羅獵來訪，他還以為聽錯，再三確認之後，又看了看拜帖，這才相信失蹤三年的羅獵真的回來了。蒙佩羅和羅獵夫婦過去是有過一段交情的，最早源於他和葉青虹的師生關係，後來又因為這夫婦兩人在黃浦經商，蒙佩羅給了一些關照，當然也從中得到了不少的好處。那段時間可以說是互利互惠。

然而蒙佩羅並沒有想到葉青虹會掌握自己那麼多的黑資料，並利用這些黑資料要脅他，讓他不得不出面釋放了程玉菲。蒙佩羅本以為這件事已經暫時告一段落，卻想不到羅獵又找上門來了。

蒙佩羅產生的第一個想法就是羅獵又來要脅自己，內心中不由得感到鬱悶，自從葉青虹拿出那份黑資料之後，他們之間就不可能再是朋友關係，可蒙佩羅也不敢得罪他們兩口子，畢竟把柄在人家手裡，萬一撕破臉皮，倒楣的只能是自己。

越是像蒙佩羅這種地位的人越是愛惜羽毛，名譽比什麼都重要。

羅獵已經恢復了本來容貌，來到黃浦他就沒必要再掩飾什麼，此番前來已經做好了充分的準備。

蒙佩羅仍然保持著翩翩風度，他熱情地迎了過去，主動伸出手道：「羅先生，我已經好久沒有你的消息了，這幾年你去了什麼地方？我實在是太想念你了。」

羅獵笑著和他握了握手道：「謝謝領事先生的掛念，我今天才回到黃浦，這不，第一時間就來拜會您這位老朋友了。」

蒙佩羅哈哈笑道：「難得你沒有把我忘記，怎麼？尊夫人沒和你一起過來？」從稱呼中已經看出他對葉青虹的不滿。

羅獵道：「她回歐洲了。」

「哦？」蒙佩羅聽到這個消息反而越發心驚了，真正讓他擔心的是國內，如果葉青虹把他的黑資料公佈，那麼他這個領事恐怕要幹不成了，其實他對目前的位子也沒多少留戀，畢竟再有一個月他就可以功成身退了，正因為如此，他才不想晚節不保。

羅獵道：「沙發不錯。」

蒙佩羅這才想起自己還沒邀請他坐下，實在是有些失禮了，他歉然道：「我只顧著高興，居然忘了請客人坐下了，快請坐！」

羅獵落座之後，蒙佩羅讓人泡了一壺法式紅茶。

羅獵這次是空手而來，對蒙佩羅這種人根本用不著送什麼禮物，按照葉青虹的說法，不把他的黑資料公諸於眾已經是給了他一個天大的人情。

蒙佩羅翹著二郎腿，喝了口紅茶道：「羅先生，您今天來找我是不是有什麼事情？」

羅獵見他問得如此直接，也開門見山地回答道：「不瞞領事先生，我來找您的確有些事情需要您的幫忙。」

蒙佩羅道：「羅先生，我是尊夫人的老師，咱們也是朋友，就憑著這層關係，我一定會盡力相助，可是我還有一個多月就要回國了，很快就會有新任領事來接替我的職責，所以我未必能夠給你想要的幫助。」

羅獵道：「領事先生歸國之後還會繼續從政？」

蒙佩羅搖了搖頭道：「已經厭倦了，我這樣的年齡是時候考慮退休，享享清福了。」

羅獵道：「我們在萊蒙湖畔有一座葡萄酒莊。」

蒙佩羅道：「我去做過客，到現在想起來仍然是非常的陶醉呢。」

羅獵道：「領事先生難道不考慮去那裡常駐？」

蒙佩羅笑道：「怎麼好意思總是去打擾你們呢。」

羅獵道：「我的意思是，領事先生完全可以成為那座酒莊的主人。」

蒙佩羅內心劇震，羅獵這是在賄賂自己啊，此人的出手真是闊綽，竟然要送一座酒莊給自己，可蒙佩羅很快就清醒了過來，天上掉餡餅的好事總有陰謀，不過轉念一想，自己已經有不少的黑資料被葉青虹抓住，如果想要達到目的，他們完全可以威脅自己，犯不著賄賂。

羅獵道：「我在黃浦也待不了太久時間，這次回來主要是想了卻一些事。」

蒙佩羅充滿狐疑地望著羅獵。

羅獵道：「不瞞您說，我和青虹已經做好了移居北美的打算，那座酒莊我們已經決定出售了。」

蒙佩羅道：「你打算在黃浦待多久？」

羅獵道：「最多三個月吧。」

蒙佩羅道：「一個半月，在我任期結束之前，我會盡力保證你的安全。」

羅獵道：「領事先生可否給我一個督察長的身分？」

蒙佩羅壓根沒有做任何的猶豫就點了點頭。

羅獵笑著向蒙佩羅伸出手去，兩人握了握手，心領神會地笑了起來。

此時探長王金民前來求見，蒙佩羅道：「來得正好，我幫你介紹。」

王金民和羅獵其實早就認識，只是在過去羅獵更多是在和劉探長打交道，王金民只是劉探長的一個副手，那時羅獵很少跟他說話，在領事家中見到了羅獵，再看到兩人談笑風生的場面，王金民馬上就意識到剛剛返回的羅獵已經找到了靠山，在法租界，蒙佩羅是說一不二的人物，雖然他任期將滿，可越是在最後，越是會把手頭的權力運用到極致，中外官場都是如此。

蒙佩羅為王金民介紹，王金民趕緊上前示好道：「羅先生，我們過去就認識，只是這幾年沒有見過，不知羅先生去何處發財？」

羅獵笑道：「我這個人生性喜歡四處冒險，這三年去世界各地冒險，回到國內不久。」

王金民道：「羅先生的生活真是讓人羨慕。」

羅獵道：「我這次回來主要是處理一些生意上的事情，以後還得靠王探長多多關照。」

王金民笑道：「哪裡哪裡，保護租界公民的安全本來就是我的職責。」

羅獵道：「見到王探長，我想起了一件事，去年年底，我在租界的宅子被人襲擊炸毀，不知王探長可否有了眉目？」

當著蒙佩羅的面被問起這件事，王金民的臉色不由得尷尬，他乾咳了一聲道：「我還在查，當天死了不少人，只是死者被燒得面目全非，實在是有些棘手。」

蒙佩羅道：「你這代理探長在辦案方面比你的前任可差多了。」

王金民的臉更加掛不住。

蒙佩羅道：「對了，忘了給你介紹羅先生的另外一個身分，我決定聘請羅先生擔任法租界巡捕房督察長。」

王金民簡直不能相信自己的耳朵，自己雖然代理了華人探長之職，可管理範疇僅限於華探，蒙佩羅聘請羅獵當督察長，這可是從未有過的先例，要知道從有法租界以來，督察長的位置都是洋人擔任，羅獵成為督察長就意味著他以後的職權還在自己之上。

羅獵笑道：「我這個督察長就是個虛職。」

王金民隱約猜到羅獵和蒙佩羅之間必然有利益交換，蒙佩羅這個傢伙應當是要趁著臨走之前狠狠再撈上一票，有錢能使鬼推磨，洋鬼子也不例外，羅獵今次是善者不來。

蒙佩羅拍了拍羅獵的肩膀道：「以後你就是我在巡捕房的全權代理，我希望在我結束任期之前，將最近發生的幾件大案查清楚，不給我的繼任留下任何的麻煩。」

羅獵回來的消息遠不如他成為法租界華探督察長更為震撼，蒙佩羅給他下了正式任命，雖然這任命更偏重於榮譽性的，可巡捕房內部已經先炸開了鍋。每個人都在猜度著羅獵拿下這個督察長的真正用意，畢竟羅獵在失蹤之前給人的印象是一位富甲一方的大亨，按理說那麼有錢根本不會惦記一個這樣的位子。

羅獵回到黃浦做的第二件事就是買下了明華日報，報社距離巡捕房不遠，羅獵在報社的辦公室內接見了他的第一位訪客。

程玉菲帶著一頂紫色氈帽，穿著深紫色的大衣，經過一段時間的調養，她的身體已經完全恢復了健康，進入羅獵的辦公室後，她摘下帽子和手套，看到羅獵仍然坐在辦公桌後無動於衷，程玉菲道：「怎麼？不認識我了？也不表現一下你的紳士風度。」

羅獵笑道：「我是在想問題，你今天是來興師問罪的吧？」

程玉菲脫了大衣，掛在衣架上。

羅獵站起身，讓外面的秘書送咖啡進來。

程玉菲打量了一下羅獵辦公室的環境，嘖嘖讚道：「有錢就是可以為所欲為，我現在應該稱呼你為羅社長，還是羅督察長？」

羅獵道：「你還是叫我名字更順耳一些。」

程玉菲的目光最後定格在羅獵的臉上，看了好一會兒，看得羅獵都感覺到有些不自在了，羅獵道：「又不是沒見過，你這麼看我是不是有點不夠禮貌？」

程玉菲道：「我得確定回來的是不是你，是不是有人冒充？」

羅獵請她在沙發坐下，又接過秘書送來的咖啡親自送到程玉菲的手中。

程玉菲道：「你瘦了！」

羅獵道：「在外面遊蕩，風餐露宿，食不果腹，瘦也是正常的。」

程玉菲道：「你可真夠朋友，消息封鎖得滴水不漏，如果不是聽說法租界新來了一位叫羅獵的督察長，我真沒想到會是你。」

羅獵笑道：「什麼事能瞞過你這位女神探。」他靠在桌邊站著，打量著程玉菲：「吃了不少苦頭吧？」

程玉菲道：「算不上什麼，我這個人好了傷疤忘了疼。」

羅獵道：「其實你今兒不來找我，我也得去拜訪你，查案我是外行。」

程玉菲道：「一個外行居然搖身一變成了法租界督察長，老實交代，你送了多少大洋？」

羅獵聽她這麼說忍不住笑了起來，程玉菲也笑了，心中沒有一絲一毫的抱怨，有的都是溫暖，老友久別重逢的溫暖，上次如果不是這些朋友，恐怕自己已經因為劉探長遇刺一案被定罪，知道是法國領事蒙佩羅幫忙施壓才獲釋之後，程玉菲就推斷出一定是葉青虹起到了作用。

羅獵道：「我和領事是多年的老友，這次我家被炸，案子交給別人也不會盡心，所以就厚著臉皮要了個人情，我這個督察長就是名義上的，根本沒什麼實權。」

程玉菲道：「也不能這麼說，在法租界領事說你有實權，你就有實權。」她當然清楚羅獵不是一個貪戀權力和職位的人，如果他想往這方面努力，早就有一番大成就了。

羅獵道：「這方面你得幫我。」

程玉菲喝了口咖啡道：「白雲飛越獄了，而且我見過他。」

羅獵聞言一怔：「你見過白雲飛？」

程玉菲點了點頭道：「應該說是他見過我，我當時被關押在一個秘密的地方，白雲飛見了我，他還提到了你，說不會放過我們中的任何一個。」

羅獵道：「如此說來，他和警方內部一定有勾結。」

程玉菲道：「這段時間，我一直都在調查，可始終沒有多少進展，警方也不肯提供資料給我，現在你回來就好了。」

羅獵道：「不管做什麼，首先要保證自己的人身安全，我要這個虛名不僅僅是為了查案方面，也是想讓這幫傢伙投鼠忌器。」

程玉菲暗讚他精明，先要了個督察長的職位，又買下報社，控制警力和輿論，可以震懾到不少人，就算陳昊東之流想對他下手也要掂量一下後果了。程玉菲道：「接下來你打算怎麼做？」

羅獵道：「當然是查案，可我又不知道從何查起，這方面你是行家，我想聽聽你的意見。」

程玉菲道：「越是重要人物越不好查，因為可能涉及的範圍會很大很廣，我仔細想了想，最開始的時候認為所有這一切事都和陳昊東有關，可是在白雲飛出現之後，我意識到，也許所有的壞事並不都是陳昊東做的。你覺得白雲飛和陳昊東哪個更好對付一些？」

羅獵想了想回答道：「應該是陳昊東吧。」

程玉菲道：「那就從陳昊東查起，目前我只能斷定一件事，常柴的失蹤和陳昊東有關。」

陳昊東的心情非常惡劣，最擔心的事情終於還是發生了，羅獵在他們的嚴密監控之下回到了黃浦，而且還搖身一變成為了法租界的華探督察長，蒙佩羅這位領事做事真是兒戲，居然將這麼重要的一個位置交給了一個沒有任何資歷的華人。

讓陳昊東頭疼的並不止這一件事，最近報紙刊載了他的幾條緋聞，換成過去，陳昊東並不在意這種捕風捉影的小事，可現在不同，他的未婚妻蔣雲袖已經來到了黃浦，而他的未來岳父，督軍蔣紹雄也已經正式履職，這些桃色新聞難免不會被他們知道。

在新聞刊載的當天，陳昊東就授意梁再軍派人去報社，他讓梁再軍先禮後兵，畢竟明華日報距離法租界巡捕房不遠，他也不想在巡警的眼皮底下大打出手。

然而陳昊東沒想到的是，在梁再軍派人送禮給報社總編之後，第二天一則他派人花錢賄賂新聞從業者，試圖掩蓋事實真相的新聞又被刊載出來。陳昊東火冒三丈，讓梁再軍派人去燒了這間報社。梁再軍派去的人還沒有來得及點燃油桶就被巡捕抓了個現形，此時陳昊東方才知道報社的後台老闆是羅獵。

事情發生之後，陳昊東首先想到的是去向蔣雲袖解釋，可他這次甚至連督軍府的大門都沒有進去，蔣雲袖顯然是看了最近報導的，一怒之下讓傭人不得放陳昊東入內。

吃了閉門羹的陳昊東乘車回家的途中看到了明華日報，他讓司機將車停在報社門口，自行走了進去。

報社這邊早有人通知了羅獵，羅獵讓人將陳昊東帶到了自己的辦公室。

陳昊東親眼見到羅獵，終於驗證了羅獵安然歸來的傳聞，比起三年前陳昊東多了幾分沉穩，他學會了隱藏自己的真實喜怒，望著羅獵道：「我還當是誰對我的消息那麼感興趣，不惜倒貼版面來刊登我的事情。」

羅獵微笑望著陳昊東道：「想不到在黃浦居然還能夠見到你，真是讓我感到意外啊。我記得當年，有人痛哭流涕地對我說過，有生之年不再踏足黃浦，看來連自己說過的話都已經忘了。」

陳昊東道：「事情過去了這麼多年，難為你還記得那麼清楚，我現在是個生意人，有道是和氣生財，想賺錢就不要計較恩怨。」

羅獵點了點頭道：「恩恩怨怨，是是非非，誰又能說清楚呢。」他示意陳昊東坐下說話。

陳昊東坐了下去，摸出一盒煙，羅獵指了指牆上禁煙的圖示，陳昊東搖了搖頭道：「我記得過去你抽煙的。」

羅獵道：「人總得做出一些改變，縱然不能越變越好，可也不能越來越壞，你說是不是？」

陳昊東聽出他話裡有話，輕聲道：「善惡好壞誰又能做出正確的評判？」

羅獵道：「常柴失蹤的事情跟你有關嗎？」

陳昊東一怔，他沒有想到羅獵居然會開門見山地提出這個問題，陳昊東呵呵笑了起來：「我已經不是盜門中人，你們盜門的事情跟我又有什麼關係？」他向前探了探身，一臉陰險的笑：「你該不會因為這件事故意整我吧？」

羅獵道：「真想整你我還需要用這樣的手段嗎？」

陳昊東道：「忘了，你現在是華探督察長，有權了，跟督察長說話還真得小心，如果惹你生氣，搞不好是要坐牢的。」

羅獵道：「陳先生是聰明人，可聰明人也要說話算話，當年答應我的事情，你千萬別忘了，我這個人做事認真。」

陳昊東道：「得！算我不對，羅先生，我之所以回來，是以為你死了，沒想到老天這麼不開眼，你居然還活著。」他臉上帶著笑，說出的話卻無比惡毒。

羅獵道：「很失望吧？」

陳昊東搖了搖頭站起身道：「這樣吧，我走，你給我七天的時間，我把這邊的事情做個了結，然後離開黃浦，永遠不再到這裡來。」

羅獵道：「那就最好不過。」

陳昊東大搖大擺地離開了羅獵的辦公室，羅獵站在窗前，望著陳昊東遠去的身影，心中明白，這廝絕不會輕易離開，所謂七天應當只是他的緩兵之計，真正的用意是要麻痹自己。

陳昊東去了振武門，他心中憋著一團火，他要罵梁再軍辦事不力，派了那麼多人去車站碼頭，可最後仍然讓羅獵神不知鬼不覺地溜了回來。

陳昊東到的時候，梁再軍正在院子裡指點徒弟，看到陳昊東陰沉著臉，知道他是興師問罪來的，慌忙陪著笑迎了上去。

陳昊東道：「是他！」

梁再軍道：「陳先生裡面請！」

陳昊東跟著他離開了前院，梁再軍方才低聲道：「船越先生在呢。」

陳昊東皺了皺眉頭，梁再軍口中的船越先生，就是玄洋社的船越龍一，此人武功高強，現在也在租界開了一家名為大正的武道館，船越龍一非常神秘，平日很少在公共場合出現，大正武道館那邊都是他的幾個弟子在管理。

船越龍一在後院的小花園中欣賞著梅花，他身穿黑色和服，鶴髮童顏，體態比起陳昊東上次見他的時候明顯又魁梧壯實了許多。

其實陳昊東走入花園的時候就感到了一種無形的威壓，這更印證了梁再軍關於船越龍一是東瀛第一高手的說法。陳昊東也是習武之人，他自認為膽色出眾，可是在船越龍一的威壓下仍然感到呼吸為之一窒，自己尚且如此，更不用說普通人。

不過陳昊東並不認為東瀛第一高手就能夠稱霸中華，武功的至高境界應該是返璞歸真，做到霸氣外露容易，可做到精華內斂那才是至高之境。胸口忽然一鬆，再看船越龍一望著一枝梅花露出和藹的笑容，笑得宛如一位鄰家的老大爺，從他的身上再也找不到絲毫的戾氣。

陳昊東此時方才明白，船越龍一剛才是故意在給自己施加壓力。

梁再軍恭敬道：「船越先生！」

船越龍一微笑道：「梁館主！」

梁再軍向他介紹道：「陳先生您是認識的。」

船越龍一點了點頭道：「見過！」

梁再軍邀請兩人去茶室喝茶，三人坐下之後，陳昊東道：「記得上次見到船越先生還是在五年前在北平。」

船越龍一點了點頭道：「還有一次。」

陳昊東一臉迷惘道：「還請船越先生指點，我想不起來了。」

船越龍一道：「兩年前在嵐山。」

陳昊東的臉色突然變了，兩年前他正在京都，他忽然想起了一個熟悉的背影，握著茶杯的手不由得顫抖了起來。梁再軍也留意到他反常的舉動，默不作聲地拿起茶巾將茶几上灑落的茶水擦去。

船越龍一道：「水有些涼了。」

梁再軍慌忙起身道：「我去燒些熱水。」其實這樣的事情讓弟子去就可以，他沒必要親自去，這是要留給兩人一個單獨的談話空間。

梁再軍離去之後，陳昊東向船越龍一深深一躬道：「參見木村先生。」

船越龍一道：「你還是稱呼我現在的名字吧。」

陳昊東不敢抬頭，低聲道：「船越先生有何吩咐？」

船越龍一道：「你做事的效率真是低下。」

「船越先生教訓得是，本來已經接近成功，可是沒想到突然發生了一些意外的狀況。」

「什麼狀況？」

陳昊東道：「昔日盜門的門主羅獵突然出現了。」如果不是羅獵出現，他重新收復盜門應該是水到渠成的事情，可隨著羅獵的回歸，一切都出現了巨大的變數，畢竟羅獵才是名正言順的門主，雖然失蹤了一段時間，可這仍然是無法否認的事實。

船越龍一道：「羅獵？他回來了？」

陳昊東點了點頭，從船越龍一的問話中已經能夠推斷出他和羅獵應該是非常熟悉的，不過同時他又意識到，船越龍一對羅獵乃至對目前黃浦的情況缺乏瞭解，畢竟羅獵已經成為了法租界華探督察長，這件事傳得沸沸揚揚，住在法租界的人多半已經知道，看來船越龍一來到這裡並沒有太久。於是陳昊東簡單將羅獵目前的狀況做了一個介紹，也是為了讓船越龍一瞭解自己的處境。

船越龍一道：「你們中國人有句老話，善者不來，來者不善，看來他這次是有備而來啊。」

陳昊東道：「他和法國領事蒙佩羅關係不錯，這次之所以能夠當上華探督察長和領事的支持有著直接關係。」

船越龍一道：「蒙佩羅任期將滿。」

陳昊東點了點頭道：「正因為如此，他才要趁著這最後的機會狠狠撈上一筆，我估計羅獵應該給了他不少的好處。」

船越龍一道：「別人能這麼做，你也能這麼做，這種唯利是圖的小人還不好解決？」

陳昊東面露難色，看來船越龍一對羅獵夫婦的財力缺乏必要的瞭解。自己已經說得夠明白，羅獵夫婦不僅有錢，而且和蒙佩羅關係匪淺，正因為如此才能讓蒙佩羅死心塌地的為他們做事。自己就算拿出比他們更高的價錢，也很難打動對方，畢竟像蒙佩羅這種老狐狸，不穩妥的錢他未必敢拿。

船越龍一從陳昊東的表情看出了端倪，低聲道：「他只剩下一個多月的任期，多點耐心就是。」

陳昊東道：「只怕羅獵不會給我們機會。」

船越龍一皺了皺眉頭，羅獵的厲害他是有過領教的，剛才這句話的意思是讓陳昊東避免和羅獵正面衝突，拖延一段時間，等到蒙佩羅任期完成，羅獵也就少了一個靠山，他們則可以從各個方面對羅獵進行擊破。然而他的拖延之計馬上遭遇了陳昊東的否定。

陳昊東道：「他限令我一周之內離開黃浦。」

船越龍一道：「你們中國人不是常說退一步海闊天空，讓三分風平浪靜嗎？」

陳昊東聽出船越龍一有讓自己離開的意思，話雖然說得不錯，可是陳昊東卻不能這麼做，此番捲土重來就是為了奪回本該屬於自己的盜門，可以說他謀劃已久，原本以為一切盡在自己的掌握之中，可終究人算不如天算，羅獵的回歸並不在他的意料之中，他本以為羅獵已經死去，可是他剛剛又親眼見到了活生生的羅獵。

離開？如果自己現在離開等於幾年的苦心經營全部白費，他這一生永遠不會再有翻盤的機會。

燕霖河內發現了一輛損毀嚴重的汽車，車內一共有四具屍體，得到消息之後，王金民就率領一幫巡捕來到了這裡，汽車被打撈了上來，明眼人一看就知道這輛汽車被烈火焚燒過。

蒙著黑色帆布的屍體並列排開在河岸上，雖然今天陽光很好，可每個人都因為眼前的慘狀而感到心情壓抑。

王金民煞有其事地在周圍偵查了一番，不過更多只是在做樣子，這種兇殺案在如今的黃浦並不少見，單單是這個月就發生了近二十起，在這片魚龍混雜的地方，爾虞我詐，爭奪地盤，各方勢力公然火併，這種事層出不窮，死幾個人並不稀奇。

一名巡捕向王金民請示道：「探長，怎麼辦？」

王金民用手帕捂著鼻子，甕聲甕氣道：「取證之後，把屍體帶走送鑒證科。」

手下點了點頭，王金民準備上車離開，他實在受不了現場的古怪氣味，也懶得去看那四具可怖的屍體影響自己的心情。

此時一輛黑色凱迪拉克駛了過來，在封鎖線前停下，羅獵和程玉菲兩人從車上下來，王金民看到是他們不由得皺了皺眉頭，他暫時放棄了離開的打算，雖然心中對羅獵不滿，可羅獵畢竟已經搖身一變成為了他名義上的上司，只能笑著迎了過去：「羅督察來了！」

羅獵向他道：「什麼情況啊？」

王金民心想你就是用錢買了個虛名？就算我跟你說你也不會懂得，儘管如此，臉上仍然堆著笑道：「發現了幾具屍體。」

程玉菲道：「我可以看一下現場嗎？」

王金民正想說不可以，可是羅獵居然大刺刺點了點頭道：「程小姐請便！」

程玉菲看都不看王金民就走向現場，王金民悄悄使了個眼色，兩名巡捕心領神會地擋住程玉菲的去路。

羅獵冷笑著對王金民道：「王探長什麼意思？」

王金民仍然笑容不變道：「羅督察不要誤會，現場尚未勘查完畢，程小姐畢竟不是我們的人。」

羅獵道：「程小姐是我請來的貴賓，她的辦案能力毋庸置疑，相信你王探長也趕不上吧？」

王金民被他當著那麼多屬下的面奚落，一張老臉也有些掛不住，乾咳了一聲道：「可是我們也有規定……」

羅獵道：「有什麼問題我來承擔，程小姐是我請來的，代表我來查案，誰敢阻撓程小姐就是阻撓我！」他把話都說到了這種地步，那些巡捕豈敢再阻攔，王金民雖然心中一百個不情願，可總不能和羅獵發生正面衝突，只能暫時服軟。他意識到如果繼續留下，只會更加難堪，馬上告辭離去。

程玉菲在燒毀的車上雖然沒有找到車牌，可是從殘存的車體上仍然可以判斷出這輛車的品牌，死者三男一女，其中一人帶著懷錶，懷錶停在十點三十分，程玉菲在現場勘查了二十分鐘，摘下手套回到羅獵身邊，小聲道：「走吧！」

羅獵點了點頭，兩人上了車，經過附近居民區的時候，程玉菲讓他停車，獨自一人下車去找附近居民詢問了一些情況。這次的時間稍微長了一些，大概半個小時，程玉菲這才回來。

來到車上，向羅獵道：「死的應該是常柴和他的姨太太，另外兩人是司機和保鏢。」

羅獵皺了皺眉頭，這個消息應該在他的預料之中，在得知常柴失蹤的消息之後，他就意識到常柴凶多吉少，程玉菲既然這麼說就應當沒有錯了。羅獵低聲道：「能斷定嗎？」

程玉菲道：「我問過周圍的居民，常柴失蹤的當晚他們聽到過槍聲，離這最近的路是從常柴家通往黃浦火車站的必經之路，根據我瞭解到的情況，常柴當晚應當是聽說了福伯的死訊，想連夜前往瀛口奔喪的，結果在這附近遭遇了伏擊。」

羅獵道：「真是卑鄙！」

程玉菲道：「我看過死者的口腔，口腔內很乾淨，應當是死後被扔到車裡毀屍滅跡，其中一人缺損了兩顆門牙。」

羅獵道：「應該就是常柴，他鑲了兩顆金牙。」

程玉菲道：「那就基本符合了，死者的金牙可能在被殺的時候讓人取走了。」

羅獵搖了搖頭道：「或許是那幫巡捕。」

程玉菲無奈地笑了笑，現在的世道就是如此，這一連串的命案非常複雜，彼此之間或有相連，程玉菲目前能夠肯定的是白雲飛參與策劃，可並不能確定常柴案和白雲飛有關，畢竟最恨常柴的是陳昊東而不是白雲飛。

羅獵道：「餓不餓？」

程玉菲道：「有些！」

羅獵笑了起來：「食欲不錯！」在檢查完四具屍體之後，程玉菲居然還吃得下飯，這一點羅獵深感佩服。

程玉菲知道他的意思，也笑了起來：「我的職業就是跟死亡打交道，一旦習慣了，也就變得麻木了，周圍朋友都說我麻木不仁。」

羅獵哈哈大笑道：「我可沒說過你，好，我請你吃飯。」

程玉菲也不跟他客氣：「好啊，吃大戶的機會我才不會錯過。」

羅獵帶著程玉菲去吃本幫菜，程玉菲留意到這裡距離常柴的居處不遠，羅獵點菜的時候，她朝對面看了看道：「對面是常柴生前的住處吧？」

羅獵點了點頭道：「盜門的產業，要說他只是住著。」

程玉菲道：「聽說他在黃浦養尊處優過得不錯。」

羅獵歎了口氣，常柴在剛剛來到黃浦的時候還是不錯的，他的蛻變應該是在自己失蹤開始，雖然自己在前往尋找九鼎之前做出了周密的安排，可計畫終究不如變化，自己離開的三年發生了太多的事情，還好自己回來了。

想起這三年發生的一切，想起一路走來的艱辛，羅獵不由自主陷入沉思之中。

程玉菲是個心思細膩的女子，從羅獵的表情已經猜到他一定有心事，程玉菲道：「人在安逸中容易迷失，畢竟這個世界上像你一樣擁有清醒頭腦的人不多。」

羅獵道：「我怎麼聽著你好像在罵我？」

程玉菲笑了起來：「我發現你這次回來變得敏感多了。」

「有嗎？」

程玉菲點了點頭，望著羅獵道：「這三年你去了哪裡？」

羅獵道：「渾渾噩噩！」

程玉菲道：「那就是不方便說，算了！」

羅獵道：「**人的能力決定你要承擔的責任，其實人活在世上還是簡單點**

好。」

程玉菲道：「只可惜這個時代並不是你想簡簡單單活著就能如願的，你不去招惹別人，可別人卻將你視為眼中釘，你走了三年，仍然有人會潛入你家裡去刺殺你的妻兒，你想既往不咎，寬宏大量，可別人並不感恩，他們不記得你的好，只記得你是如何對不起他，如何羞辱他。」

羅獵深有同感道：「**人心是最難揣摩的**。」

程玉菲笑道：「我記得你可是一位心理大師。」

羅獵也笑了起來，此時從樓下來了幾人，為首一人看到羅獵明顯一怔，緊接著快步走了過來摘下禮帽，羅獵也認出此人乃是他回黃浦火車上遇到的一位，當時遭遇乘警盤查，還是羅獵掩護了他。

只是當時羅獵化了妝，羅獵本以為對方不會認出自己，卻想不到那人竟一眼就認出來了。

那漢子笑道：「在下黃啟義，多謝先生上次援手之恩。」

羅獵這下才確信這位黃啟義真的認出了自己，他笑著站起身來：「黃先生，您的眼力可真是厲害。」

黃啟義道：「說起來喇叭口黃家也是盜門中的一支，大家不是外人。」

羅獵微笑點頭，邀請黃啟義一同入座，黃啟義沒有推辭，吩咐他的同伴去別處另開一桌，他則來到羅獵這邊坐了。

羅獵將程玉菲介紹給他認識。

酒上來之後，黃啟義先敬了羅獵三杯，這是為了感謝羅獵上次的相救之恩，幾杯酒喝過之後，羅獵終忍不住問道：「黃先生，我有一事頗為費解。」

黃啟義呵呵笑道：「我知道羅先生想問什麼，上次羅先生裝扮成一個老人，現在才是本來面目，所以您奇怪我因何能夠一眼就認出是您。」

羅獵點了點頭，程玉菲聽說此事也非常感興趣，難道是羅獵的化妝術不夠高明，而黃啟義又是此道的行家，所以才一眼就認了出來？

黃啟義道：「我對易容術懂得一些，可自己沒那個本事，屬於眼高手低那種，不過是不是易容我幾乎一眼就能夠看出，這也算不上什麼本事，我們喇叭口黃家嫡系祖輩傳下來一些本領，只要我看過的一個人，他的舉止神態，他的聲音笑聲，我一看一聽，基本上都能夠記得十之八九，再加上我的嗅覺天生比一般人靈敏，所以我才能夠一眼就將羅先生認出來。」

羅獵此時方才明白了，眼前的這位黃啟義倒是一個奇人。

程玉菲卻是另外一種想法，此人若是從事偵探的行當，憑著他的這身本領必然能夠成為頂尖高手。

羅獵道：「黃先生來這裡是經商還是會友？」

黃啟義知道羅獵的意思，他狡黠答道：「躲債！」

羅獵和黃啟義目光相對，會心一笑，羅獵明白他躲債的含義。這黃啟義必然是犯了事，所以才會被員警搜捕，羅獵並沒有追問，畢竟涉及別人的隱私，喇叭口黃家現在和盜門也沒有什麼實質性的聯繫。

黃啟義和羅獵碰了碰酒杯，喝了這杯酒道：「跟您打聽個人。」

羅獵道：「希望我認識。」

黃啟義道：「陳昊東您應當認識吧？」

羅獵心中生出警惕，看來黃啟義前來本地不單單是為了要躲避搜捕，他一定還有其他的目的，不知此人和陳昊東是敵是友？羅獵點了點頭道：「認識，算不上朋友。」

黃啟義道：「他當然不可能是您的朋友，他一直都在密謀奪回門主之位。」

羅獵微笑道：「聽起來，黃先生很瞭解他？」

黃啟義向前探了探身，壓低聲音道：「您知不知道他背後的靠山？」

羅獵道：「聽說他是新任督軍的未來女婿。」

黃啟義道：「蔣紹雄是個親日派！是個漢奸！」

羅獵的表情不為所動，他雖然救過黃啟義可是對此人瞭解不多，談不上信任，到底黃啟義真正的目的是什麼還待商榷。

黃啟義道：「陳昊東也和日本人勾結。」

羅獵道：「有證據嗎？」

黃啟義搖了搖頭道：「沒什麼證據，可早晚都會有。」他朝對面看了一眼道：「常柴是您的手下吧？」

羅獵沒有承認，也沒有否認。

黃啟義道：「羅先生的確有辦法，剛剛回到黃浦就當上了華探督察長，可樹大招風，您也要多加小心。」

羅獵微笑道：「謝了！」

黃啟義說到這裡，起身告辭，羅獵也起身相送，黃啟義笑道：「您可別跟我客氣，我欠您一個大人情呢，對了，以後用得上我的地方，去錦繡裁縫店找老郝，他知道怎麼聯絡我。」

黃啟義走後，程玉菲道：「這個人感覺神神秘秘的。」

羅獵笑道：「只要不是鬼鬼祟祟就好。」

程玉菲道：「你救過他？」

羅獵搖了搖頭道：「算不上救。」他將火車上發生的事情告訴了程玉菲，程玉菲聽完道：「如此說來他很可能是被通緝的要犯，回頭我查查他的資料。」

羅獵道：「職業病！」

兩人吃過之後，羅獵叫人結帳的時候才知道黃啟義已經幫他們把帳結了。因為常柴過去的住處就在對面，他們就順便走了一趟，大門敞開著，裡面有人在打掃，看到有人進來，正在打掃的兩名漢子粗聲粗氣道：「幹什麼的？這裡是私人地方。」

羅獵笑道：「看到門敞開著，所以就進來看看。」

「巡捕房門也敞開著，你也進去看看？」拿笤帚的漢子瞪圓了眼睛，大有要趕人的架勢。

外面的動靜引來了裡面的帳房，這帳房姓劉，在黃浦分舵幹了多年，他是認得羅獵的，出來一看是羅獵，不由得倒吸了口冷氣，怒斥那兩名漢子道：「瞎了你們的狗眼，這是咱們門主。」

兩名漢子一聽是門主，頓時嚇得臉色慘白，撲通一聲就給羅獵跪下了。

羅獵笑道：「我可受不起這大禮，都起來吧，你們又不認得我。」他和程玉菲舉步向裡面走去，劉帳房擺了擺手示意那兩人起來，他緊跟著羅獵走進去。

羅獵看了看這宅子道：「不錯啊，常柴倒是挺會享受的。」

劉帳房道：「門主……」

羅獵道：「叫我羅先生吧，門主這位子三年前我就辭了，現在門主是我太太。」

程玉菲聽到這裡心中暗暗想笑，這盜門也成了羅獵家的夫妻店，他當門主，葉青虹當門主還不是一樣，其實葉青虹擔任門主之後壓根沒管過盜門的事情，因為羅獵失蹤，她也沒心情過問盜門的事，實打實的一個甩手掌櫃。

不過羅獵強調這一點應當也是有原因的，畢竟他現在的身分是華探督察長。

劉帳房也是清楚其中的關係，他笑道：「羅先生，不管稱呼什麼，我們都聽您的。」老於世故的他當然懂得用何種方式來表忠心。

羅獵道：「這邊的情況怎麼樣？」

劉帳房歎了口氣道：「不好，自從常先生失蹤以後，黃浦各地的經營狀況就越發艱難，原本屬於咱們的地盤也都讓人給占了。」其實真正的狀況比他說得更加惡劣，常柴這個人自從當上黃浦分舵舵主之後，貪圖享樂不思進取，對門中的事情並不積極，黃浦在盜門也有些正當的營生，可常柴又沒有經營的本領，短短三年非但沒有將這些產業保住，反而連原本屬於他們的地盤都慢慢丟掉了。

這種狀況在常柴失蹤之後變得更加惡劣，一幫盜門子弟樹倒猢猻散，有的改行，有的改投他人門下，其中進入前舵主梁再軍振武門的居多，還有的乾脆就自立門戶。

這些人自然不會再向分舵繳納禮錢，如今盜門黃浦分舵已經名存實亡，劉帳房一邊說一邊歎息，巧婦難為無米之炊，現在賬上沒了錢，讓他也沒有辦法，這幾天都在清點資產，實在不行就得變賣資產用來還債。

羅獵的現身讓劉帳房的眼前出現了一線曙光，縱然羅獵現在已經不是盜門門主，可羅獵應該不會對盜門坐視不理的，更何況羅獵不但能力出眾而且財雄勢大，只要他出手，黃浦分舵乃至整個盜門重返輝煌也極有可能。

羅獵道：「債務一共有多少？」

劉帳房道：「我仔細清算過，迄今為止，我們一共欠了兩萬三千五百六十二塊大洋。」

羅獵道：「我記得過去賬上可都是盈餘啊！」

劉帳房苦笑道：「羅先生，您三年不在黃浦，發生了許多事，一來經營不善，二來咱們的地盤不斷縮小，對咱們來說，丟了地盤就等於丟了財源。」他說話對常柴已經非常客氣了，畢竟常柴已經失蹤不見，其實大家心中都明白常柴十有八九是死了，這些年黃浦分舵之所以落到如此的境地，和常柴有著直接的關係。

羅獵向後翻了翻道：「放出去的錢也有不少。」

劉帳房道：「錢多數都是常舵主借出去的，數目也不少，如果都能要回來，兩者相抵大概能夠持平。」

羅獵道：「那就去要啊！」

劉帳房道：「可現在常舵主已經失蹤了，人家誰還肯認這個帳？」

羅獵道：「他可能永遠回不來了。」

劉帳房歎了口氣，其實這也在他的意料之中：「那就麻煩嘍，這些帳就成為了死賬。」

羅獵道：「借出去的是常柴自己的錢？」

劉帳房搖了搖頭。

羅獵道：「你把名單給我，這筆帳我來要。」

劉帳房聞言喜出望外，趕緊去準備名單。

第九章

民不與官鬥

王兆富聽到羅獵的名字，
整個人宛如泄了氣的皮球一樣，瞬間就癟了，
羅獵的大名他是聽說過的，也聽說羅獵當了華探督察長，
可他並不知道羅獵就是明華日報的老闆。
如果他知道這件事，怎麼都會掂量一下輕重，
民不與官鬥，這個道理他還是懂得的。

羅獵和程玉菲來到客廳用茶，程玉菲趁機調查了一下常柴離開當晚的狀況，掌握情況之後已經能夠確定今天發現的屍體就是常柴幾人，按照程玉菲的推斷，當晚常柴在接到福伯病逝的消息之後，馬上決定前往瀛口奔喪，而就在前往火車站的途中，他們被人攔截並射殺，程玉菲從時間已經推斷出大致的地點，她跟羅獵說了一聲，提前離開，她要儘快找到當時常柴遇害的地點。

羅獵從劉帳房那裡得了欠債人的名單之後離開，他將這份名單直接交給了報社，名單上一共是二十七個人，羅獵先讓人刊載了三個，並鄭重聲明，從今天開始，每天會刊載三人名單，直到最後將二十七人名單全部刊載完畢。

挑柿子撿軟的捏，羅獵其實對名單並不熟悉，特地讓劉帳房按照要債的難易程度和對方的實力劃分，公佈這三人的名字是要殺雞儆猴。羅獵預料到這樣的方法會起到一定的效果，當然也會給報社帶來一定的麻煩。

當初羅獵選擇位於巡捕房對面的明華日報也是出於安全的考慮，而他現在的身分也起到了一定的威懾作用。

劉洪根和葛立德都在黃浦，羅獵幫他們重新搞到了身分，雖然不能再用本名，不過在稍加改變外形之後，兩人已經可以堂而皇之地出現在黃浦的大街小巷，尤其是在租界這一塊，他們更不會遇到麻煩。

華探督察長雖然是個虛名，可只要正確利用仍然可以起到相當的作用，羅獵和蒙佩羅稍加溝通之後就確定了成立租界糾察隊，這支糾察隊直屬羅獵管理，這樣一來，羅獵就擁有了招兵買馬的權力，華探督察長也就不再是個光杆司令。

羅獵知道麻煩肯定會接踵而來，這樣做也是未雨綢繆，在龍蛇混雜的黃浦，沒有絕對的實力是不可能震懾群雄，甚至連活下去都非常的困難。

事實證明一切都在羅獵的預料之中，在明華日報刊載三名欠債人名單之後，當天就有十五人將欠款連本帶利還了回去，這其中多半是知道羅獵回來了，他會為盜門撐腰，而且這其中也多半都是愛惜臉面的。

有愛惜臉面的，就有不要臉面的無賴，被點名的三人中就有一個，此人乃是火車站一帶的車把頭王兆富，在火車站跑黃包車生意的必須得經過他的首肯，幾乎每個在那邊經營的人力車夫都得被他抽傭，要說王兆富並不缺錢，他只是無賴慣了，一共欠了常柴六百八十個大洋，本以為常柴死了，這筆帳也就死無對證，劉帳房也專程派人去要了幾次，都被他懟了回去，其中一個還挨了揍。

王兆富在得知自己被登報追債之後，當機立斷，派了三十多輛黃包車把明華日報的大門口給堵了起來。任何人都不得出入，雖然巡捕房那邊也看到了這邊的狀況，但是明華日報目前沒人報警，他們就算知道後台老闆是羅獵，也無人主動去干涉。巡捕房的這群人都抱著看熱鬧不嫌事兒大的態度，巴不得有人給羅獵難堪。

羅獵此時正在辦公室內，早有人把外面的狀況報告給了他，他透過窗戶看著對面的巡捕房，報社的大門被堵至今已經有兩個小時，巡捕房仍然毫無動靜，羅獵搖了搖頭，由此可見巡捕房大部分人對自己這個華探督察長壓根就不認同。單從這一點看來，成立屬於自己的隊伍已經迫在眉睫。

身後傳來敲門聲。

「進來！」

得到羅獵的允許後，劉洪根推門走了進來，一臉怒容道：「王兆富那孫子帶著幾十個車夫把報社給堵了，咱們的人出不去，外面的人也進不來。羅先生，要不要給巡捕房打個電話？」

羅獵道：「有什麼好打的？這邊的情況你以為他們看不見嗎？」

劉洪根道：「羅先生，不是我說啊，巡捕房也太不給您面子了。」

羅獵笑道：「你想怎麼辦？」

劉洪根道：「想打人啊！不是您攔著，我和老葛早就衝出去了。」

羅獵問道：「王兆富來了沒有？」

劉洪根道：「來了！在外面叫口呢！」

羅獵道：「他倒有理了，去，把他請上來！」

劉洪根道：「請？」

「沒錯，請！」

王兆富可沒有關雲長單刀赴會的勇氣，他帶著四名彪形大漢氣勢洶洶地走進了日報社，劉洪根按照羅獵的吩咐，陪著笑臉將這廝給請進來。報社裡大都是文文弱弱的編輯，王兆富不屑地環視了一眼周圍，總共也就是十幾個文弱青年，心中暗忖，一個能打的都沒有。

劉洪根低頭哈腰道：「王先生請！」

王兆富正眼都不看他，昂首挺胸，邁著大步走進了總編室。他不知道明華日報的後台老闆是誰，像他這種人物是憑著蠻橫無賴混出頭的，欺軟怕硬，也就是覺得明華日報是個報社所以才敢公然堵門。

劉洪根也沒有阻止，眼看著四名彪形大漢跟著王兆富一起魚貫而入。

羅獵帶著黑框平鏡，文質彬彬地坐在窗前，他回來不久，身體尚未完全復原，還有些清瘦，王兆富最喜歡欺負的就是這種書呆子，睇著眼睛居高臨下打量著羅獵道：「你就是這裡的老闆？」

劉洪根看到這廝囂張的樣子恨不能一拳就將他打翻在地，不過羅獵沒有發話之前，他也不便動手。

王兆富將一份捲起來的報紙扔到桌面上，兇神惡煞般瞪大了眼睛，怒吼道：「這上面的報導是你刊登的？」

羅獵微笑道：「是！」

羅獵點了點頭道：「沒錯！」

王兆富指著羅獵的鼻子道：「你他娘的吃了熊心豹子膽？知道我是誰嗎？在黃浦還沒有人敢騎在老子頭上拉屎，你是不是不想混了？惹惱了老子，我一把火將你這裡給燒了。」

羅獵道：「燒啊！你說得出就做得到，你燒啊！」

王兆富愣了一下，他也就是說說狠話，光天化日之下，在巡捕房對面放火燒掉報社，他還真沒有這麼大的膽子，他又不傻，燒也不會選這個時候。當著這群手下，他總不能被一個文弱書生給嚇唬住，呵呵冷笑道：「給臉不要臉是不？」

羅獵用目光制止了已經衝動要打人的劉洪根，緩步來到王兆富的面前：「聽你說話的口氣，你也算是一個人物，能夠叫來幾十個人堵報社的門，證明你的兄弟對你還是服氣的，可說過的話總不能不算，既然說出口就得做，不然以後你還拿什麼服眾？」他從口袋裡掏出一盒火柴遞給了王兆富：「燒啊！不敢嗎？」

王兆富瞪圓了雙眼，他本以為自己一來以氣勢就能震住這幫文人，可沒想到對手是個硬茬子，這世道還不是膽大嚇唬膽小，他冷笑道：「都聽到了啊，這是他求我燒的。」

他一把抓過火柴，劉洪根心中一驚，報社內到處都是報紙和油墨，而且這棟小樓也是木質結構，如果王兆富當真被激怒了放火，此事也不好收場。

羅獵的表情鎮定自若，他經歷過多少風浪，眼前的這幾個人在他心中連毛毛雨都算不上。從王兆富的眼神他就已經判斷出這廝是個色厲內荏的主兒，借他一個膽子，他也不敢在這裡放火。

王兆富突然扔下火柴，從腰間掏出了一把左輪手槍，槍口瞄準了羅獵的胸膛：「敬酒不吃吃罰酒！」

劉洪根怒道：「你把槍放下！」

羅獵笑道：「欠錢不還，還糾結一幫無賴堵門，擾亂報社正常經營，現在又拿出武器威脅我。」

王兆富道：「惹火了我，老子一槍崩了你！」

羅獵道：「對面就是巡捕房，你開槍之後跑得了嗎？」

王兆富道：「大不了就是一死，老子偏偏不怕死。」

羅獵道：「你不怕死，跟你來的這幾個難道也不怕？」

王兆富身後四人同時道：「不怕！」他們其實已經害怕，在巡捕房對面殺人這可不是小事，真要是殺了人，他們全都得折進去。

王兆富道：「今兒我給你個機會，當著大傢伙的面，你給我跪下，磕三個響頭，然後登報向我道歉，我大人大量，發生過的事情既往不咎。」他心裡開始沒底了，因為在他掏出手槍之後對方仍然沒有流露出任何的畏懼，如果對方還不屈服，自己總不能當真開槍，如果開了這一槍，等於把自己一手送進牢裡了，他欺行霸市，蠻橫慣了，從未遇到羅獵這樣的硬骨頭，今天有些麻煩了。

王兆富的內心有些後悔，不就是六百八十塊大洋，還不到自己一個月的收入，真要是因此鬧出麻煩實在是不值得。

羅獵道：「有種你就開槍，要不你就把錢還了，再磕三個響頭，我可以既往不咎。」

王兆富怒道：「你不要命了！」他用手槍戳著羅獵的心口。

劉洪根不敢妄動，雖然他知道羅獵身手不錯，可是這麼近的距離，誰都沒有把握躲過子彈，羅獵實在是太托大了，萬一陰溝裡翻船那該如何是好？

羅獵微笑道：「你不敢放火，也不敢開槍。」他望著王兆富身後幾個面露惶恐之色的大漢道：「你們就跟著這麼一個慫包？真是瞎了眼！」

王兆富騎虎難下，聽到羅獵這句話一時間熱血上湧，他什麼都不顧了，猛地扣下了扳機，眾人都被嚇了一跳，可很快就意識到這槍沒響，王兆富不可思議地眨了眨眼睛，又接連扣動了幾下，沒有一次成功射出子彈。

羅獵歎了口氣道：「你欠了盜門的錢，鬧事之前也不打聽一下債主是誰？」他張開右手，一顆顆子彈掉落在地板上。

劉洪根鬆了口氣，連他都沒有注意到羅獵是何時將王兆富的子彈卸下的。

王兆富感覺自己被侮辱了，如同一隻瘋狗一樣向羅獵衝了過去，一拳擊向他的面門，羅獵一把抓住他的手腕，向外一分，然後揚起右掌狠狠給了王兆富一個響亮清脆的耳光，這巴掌打得王兆富天旋地轉，兩顆大牙從嘴巴裡飛了出去。

跟他過來的四人想衝上去幫忙，劉洪根豈能給他們機會，掏出手槍瞄準了幾人道：「都給我老實蹲著，老子的子彈可不長眼！」

王兆富還想再次衝上來，羅獵跟上去一腳將他踹倒在地，撿起地上的左輪手槍，塞了一顆子彈在裡面，對準了王兆富的腦袋，果斷扣下扳機，王兆富嚇得抱著腦袋哀嚎道：「饒命，饒命！小的有眼不識泰山……」說著說著竟哭了起來。

羅獵又開了一槍，還是空槍，王兆富已經嚇破了膽子：「爺，我還錢，我還錢……」

羅獵又是好氣又是好笑，這廝比自己想像中還要廢物，他輕聲道：「你欠多少啊？」

王兆富哆哆嗦嗦道：「六百……」

「嗯？」

「一千塊大洋……」王兆富趕緊改口。

羅獵道：「你也不傻啊！」他卸下子彈，將空槍扔在了地上，轉身來到辦公桌旁，靠在桌上，端起茶杯喝了一口道：「欠債還錢天經地義，你欠多少還多少，利息不能少。」

王兆富從地上爬了起來。

羅獵使了個眼色道：「其他人出去，你留下。」

劉洪根向跟來的四人瞪了瞪眼，四名大漢灰溜溜退了出去。

王兆富看到地上的手槍，雖然近在咫尺，可他碰都不敢碰。他在黃浦混了這麼久，還從來沒栽過這麼大的面兒。心中又是惱火又是害怕，偷偷看了羅獵一眼，實在是不明白這看著文弱的書生怎麼就那麼大的本事。

羅獵道：「忘了做個自我介紹了，在下羅獵，剛回黃浦不久。」

王兆富聽到羅獵的名字，整個人宛如泄了氣的皮球一樣，瞬間就癟了，羅獵的大名他是聽說過的，說起來王兆富也就是這兩年混起來的，他這種人距離上流社會遠著呢，他也聽說羅獵回來了，也聽說羅獵當了華探督察長，可他並不知道羅獵就是明華日報的老闆。如果他知道這件事，怎麼都會掂量一下輕重，民不與官鬥，這個道理他還是懂得的。

王兆富現在是真正感到害怕了，只要羅獵願意把自己弄進監獄還不是分分鐘的事情，反正房間裡只有他們兩個人，王兆富也不怕被人看見，撲通一聲就給羅獵跪下了：「羅爺，都是我的錯，小的瞎了眼，居然在太歲頭上動土，我錯了！」他反手就給了自己兩個嘴巴子。

羅獵道：「不知者不罪，你又不認識我，臨來之前也沒打聽。」

王兆富道：「羅爺，您可千萬別怪我。」

羅獵道：「怪什麼？和氣生財，欠債還錢，你我之間也沒什麼深仇大恨對不對？」

王兆富連連點頭。

羅獵道：「起來吧，讓人看見笑話。」

王兆富得了他的應允這才站起來，可還是不敢坐。直到羅獵又發話讓他坐下，這才拘謹地在沙發上坐了，王兆富的坐姿從來沒那麼規矩過，雙腿並在一起，兩隻手合攏夾在雙腿之間不安地揉搓著。

羅獵道：「你聽說過我啊？」

王兆富道：「羅爺您的大名誰人不知誰人不曉，您是盜門門主……」

羅獵搖了搖頭道：「過去的事情了，現在沒什麼關係，可我這人念舊，也不能看著過去的弟兄被人欺負，你說是不是？」

王兆富點了點頭道：「是，有羅爺您這話擱這兒，放眼黃浦誰敢呢？」

羅獵道：「你手下不少人啊。」

王兆富滿面窘色：「羅爺，今兒我對不住您，我這就讓他們散嘍。」

羅獵道：「聽說你在車站一帶勢力不小。」

王兆富道：「都是一幫老兄弟給面子，我沒什麼本事。」

羅獵道：「你這樣糾集人馬很容易被扣上聚眾鬧事的帽子。」

王兆富誤會了他的意思，嚇得慌忙又站了起來：「羅爺，您大人不記小人過，我以後是再也不敢了。」

羅獵笑道：「咱們也算是不打不相識，你把心擱肚子裡，我沒有要給你扣帽子的意思。」

王兆富道：「羅爺，那您的意思是……」

羅獵道：「法國領事蒙佩羅先生剛剛任命我為法租界華探督察長。」

「恭喜羅爺，賀喜羅爺！」

「你聽我把話說完。」

王兆富馬上垂手而立，洗耳恭聽。

羅獵道：「這幫巡捕人浮於事，今天的事情你也看見了，你帶那麼多人過來堵門，他們只當看不見。」

王兆富聽到他又提起堵門的事情，頓時又緊張了起來。

羅獵道：「最近租界出了不少的事情，我和領事商量了一下，決定成立一個糾察隊，這支糾察隊呢直屬我管理，我看你倒是有些領導能力。」

王兆富這才明白人家是要提攜自己呢，他激動地馬上站直了身子：「羅爺，您有什麼事儘管吩咐。」

羅獵道：「我打算給你一個副隊長幹幹，就不知道你願不願意？」

「願意，願意！」王兆富激動得聲音都變了，他雖然掌管了那麼多的黃包車夫，可畢竟名不正言不順，羅獵給他一個官銜，以後就能合理合法地帶人招搖，再不怕什麼聚眾鬧事的帽子。

羅獵道：「那就這麼定，回頭啊，我給你發正式委任狀，不過咱們把話說在前頭，咱們沒有薪水。」

「我不要薪水！」

羅獵道：「你要是表現得好，少不了你的錢賺。」

王兆富連連點頭。

羅獵道：「算上你有十六個已經還錢了，還有十一個，你現在是糾察隊的副隊長，首要任務就是把這些帳給討回來。」

王兆富頭皮一緊，看來這個糾察隊副隊長也不好當。

羅獵道：「你不用害怕，凡事都有我和領事撐著，記住跟別人講道理，如果他們堅持欠債不還，你怎麼辦？」

王兆富撓了撓頭皮道：「總不能堵門？」

羅獵笑道：「過去堵門那叫聚眾鬧事，以後堵門你是帶著糾察隊維護治安，該怎麼做你懂吧？」

王兆富道：「誰欠帳我就打著搜捕嫌犯的旗號去搜查，讓他做不成生意。」

羅獵心想這廝好主意沒有壞主意一堆，倒是個歪才，微笑道：「去吧！」

王兆富向羅獵作揖後準備離去，羅獵又叫住他讓他把槍帶走。

王兆富出了總編室，看到四名手下仍然在等著自己，他來到四人面前，低聲道：「今兒的事，誰都不許說出去。」

四名手下連連點頭，這種吃癟丟人的事情王兆富當然不肯讓別人知道。

王兆富又道：「知道裡面的是誰嗎？羅爺，咱們租界新任的華探督察長。」

四名手下眨了眨眼睛這才意識到王兆富的這個跟頭栽得不虧。一人道：「大哥，咱們怎麼辦？」

王兆富道：「散了，都給我散了！」他又叫住四人道：「對了，以後不要再叫我大哥。」

四名手下怔怔地望著他，難不成老大經此挫折心灰意冷，要將他們全體解散？

王兆富被打腫的臉上浮現出得意的表情：「要叫我王隊長，羅督察長剛剛任命我為租界糾察隊大隊長！」

劉洪根和葛立德來到羅獵的辦公室，兩人一進來就大笑起來，一邊笑一邊向羅獵豎起了大拇指，葛立德道：「談笑間，檣櫓灰飛煙滅！羅先生還是您厲害！」

羅獵微笑道：「這個人還不算傻，他在火車站一帶勢力不小，有他為咱們辦事省了不少的麻煩。」

劉洪根道：「羅先生，剩下的十一個人還登不登？」

羅獵道：「歇兩天，下週一開始再登，看看王兆富的本事。」

程玉菲根據掌握的線索找到了常柴當晚被殺的地點，在現場找到了一些碎裂的車窗玻璃，常柴被殺的地點和屍體被發現的地方距離不遠，可就連這麼簡單的事情巡捕房也沒有查到。

羅獵在接到程玉菲的電話後來到了現場，程玉菲正在搜集一些染血的泥土。羅獵沒有打擾她，站在一旁看了看周圍，此時看到一個拾荒者正在不遠處搜集廢紙。羅獵走了過去，拾荒者埋著頭專注地撥弄著石塊，羅獵道：「老鄉！」

拾荒者頭也不抬。

羅獵摸出一塊大洋在手中拋了拋，拾荒者馬上就把頭抬了起來，羅獵道：「前陣子這裡發生了一起攔車殺人案，你有沒有看到？」

拾荒者搖了搖頭。

羅獵又作勢要把大洋收回去，拾荒者道：「你一說，倒是有那麼點印象。」

羅獵將大洋拋給他。

拾荒者拿起大洋吹了一下，又對著耳朵聽了聽聲響，咧著大嘴露出一口焦黑的牙齒道：「過去那麼久，哪還想得起來。」

羅獵又扔給他一塊大洋。

拾荒者道：「死的是盜門常爺，那個慘啊，被人用刀子活活割開了喉嚨。」

羅獵心中大喜，這真算得上是意外的收穫，羅獵道：「你看清了？」

拾荒者笑道：「兩塊大洋可看不清楚。」

羅獵搖了搖頭，這廝討價還價的功夫一流，只能又掏出一塊大洋遞了過去。

拾荒者道：「看清楚了，是他的車，我曾經攔車要過錢，還被他的手下打了一頓，所以認得格外清楚。」

羅獵主動遞給了他一塊大洋道：「有沒有看清是誰幹的？」

拾荒者道：「不認識。」

羅獵道：「你不用怕，如果說出來是誰，我給你五十個大洋，而且我不讓你作證，只當咱們沒有見過。」

拾荒者呆呆望著羅獵，五十個大洋對他來說可是一筆不菲的財富，如果對方不讓自己作證，就意味著自己拿了錢就能夠遠走高飛，拾荒者猶豫了一會兒，終於下定決心道：「一百個！」

羅獵笑了起來，沒想到遇到了一個討價還價的角色，其實他完全可以利用催眠術讓拾荒者進入催眠狀態，然後套出實話，可羅獵畢竟在穿越時空歸來之後，身體尚未完全復原，並不想輕易動用自己的精神力，花錢能夠辦到的事情何須耗費精力。

羅獵點了點頭，轉身去了自己的汽車，從車內取出一百個現大洋，那拾荒者也巴巴地跟了過來，看到羅獵給錢那麼利索，不由得有些後悔，早知如此應該多要一些。

羅獵道：「告訴我是誰殺了常柴，我馬上就把錢給你。」

拾荒者道：「你先給我錢。」

羅獵將大洋用布包了遞給他。

拾荒者仔仔細細數清楚了，確信無誤之後方才謹慎地看了看四周，壓低聲音道：「有一個我認得，是振武門的楊超，其他的幾個我就不認識了。」

羅獵本來希望他能夠說出陳昊東的名字，不由得有些失望，追問道：「是他殺了常柴？」

拾荒者搖了搖頭道：「不是，殺死常柴的人我不認識，再說我隔得很遠，當時也不敢出聲，楊超那個人相貌特徵明顯，他個子特別高，又是個禿腦袋，所以我老遠就把他給認出來了。」

羅獵點了點頭。

拾荒者道：「爺，我走了，您就當沒見過我。」他也知道這不是什麼好事，轉身就走，走了幾步，又想起了一件事：「我撿到了一樣東西，您或許有用。」他遞給羅獵一方染血的手帕，羅獵接了過來。

此時程玉菲搜集完證據，朝這邊走來，那拾荒者趕緊離開了這裡。

羅獵說到做到，並沒有前去阻攔拾荒者。

程玉菲來到他的身邊，望著遠去的身影道：「誰啊？」

羅獵道：「拾荒的。」他將剛才的事情告訴了程玉菲，程玉菲一聽就急了：「我說你怎麼不把他攔下來？」

羅獵道：「我答應他，不會讓他作證。」其實拾荒者答應作證也沒什麼用，沒人會相信一個流浪漢的話。

程玉菲看了看染血的手帕，既然羅獵已經做出了這樣的選擇，她唯有接受。

羅獵道：「你忙你的，我去振武門一趟。」

程玉菲道：「要不要我一起去？」

羅獵搖了搖頭道：「沒必要，我自己過去。」

振武門是梁再軍所開的武館，要說開武館也是在羅獵離開黃浦之後，他集合了一些過去的親信，在公共租界開了這間武館，其實就是打著武館的幌子背地裡仍然幹著雞鳴狗盜的勾當。

羅獵來到振武門前，打量著黑漆描金的匾額，振武門給人的第一觀感倒也莊重威嚴，裡面傳來陣陣呼喝之聲，幾十名弟子正在習武。

羅獵舉步走了進去，這位不速之客馬上引起了眾人的注意，負責教授功夫的是大師兄戚誠義，他也是過去的盜門弟子，一眼就認出了羅獵，心中不由得一驚，稍稍猶豫了一下，大步來到羅獵面前，抱拳道：「羅先生，不知今日登門有何貴幹？」

羅獵笑道：「請問梁館主在嗎？」

戚誠義道：「我師父還在午睡！」

羅獵道：「勞煩幫我通報一聲。」

戚誠義向其中一名小師弟招了招手，示意他去裡面通報，自己仍然一動不動地站著。

羅獵打量了一下周圍，並沒有看到符合拾荒者描述的光頭大個。就在此時，外面進來了一個光頭大漢，手裡拎著兩條剛買的青魚，樂呵呵道：「師兄，我剛釣了兩條江魚，孝敬咱師父！」走進來之後，方才看到羅獵，他微微愣了一下，咧開嘴道：「呦呵，這位不是法租界華探督察長嗎？什麼風把您給吹到我們武館來了。」

羅獵道：「你認得我啊？」

那光頭大漢正是楊超，楊超道：「您這麼大名氣，整個黃浦誰人不知誰人不曉啊！」

剛剛去通報的小師弟來到戚誠義身邊，附在他耳邊悄悄說了句話。戚誠義微笑抱拳道：「不好意思，我師父剛剛睡下，我們可不敢吵醒他，我看羅先生還是改日再來吧。」

羅獵點了點頭，目光落在楊超手中的兩條魚上：「魚不錯，賣給我吧！」

楊超歪嘴笑道：「不賣！」

羅獵道：「我出大價錢。」

「多少錢都不賣！」

羅獵面孔一板，冷冷道：「不給我面子？」

戚誠義已經嗅到對方善者不來的意味，哈哈笑道：「法租界誰敢不給您羅先生面子。」他在提醒羅獵，這裡是公共租界可不是法租界。

羅獵道：「這裡是武館吧？既然是武館，比武切磋，勝者為王，我要是打贏了你，這兩條魚歸我。」

楊超是個一點就著的火爆脾氣，大吼道：「你要是打不贏我，給我鞠躬道歉！」這已經是他顧忌羅獵的身分才這麼說，換成別人早就讓對方磕頭了。

羅獵道：「好！」

戚誠義皺了皺眉頭讓小師弟再去通知師父，他笑道：「羅先生，您何等身分，何必要為難我們。」

羅獵理都不理他，一拳向楊超打去，楊超看到對方說打就打，比自己還要不講理，將兩條魚扔給一旁的師弟，也是一拳向羅獵打了過去。雙拳撞擊在一起，羅獵接連向後退了三步。

楊超在第一次交手就占了上風，心中暗自不屑，這羅獵也不過如此。

羅獵其實只是故意示弱，像楊超這種莽漢壓根不是自己的對手。楊超一拳擊退羅獵之後，也沒敢馬上進擊，對方畢竟是法租界的華探督察長，身分不同，自己真把他打傷了，可能要吃不了兜著走。

羅獵贊道：「好大的勁兒，再來！」他又是一拳向楊超攻去。

戚誠義看到羅獵被楊超一拳打得後退數步，明顯占了上風，也稍稍放下心來，他本以為羅獵會知難而退，卻想不到羅獵馬上發起了第二次攻擊。

楊超性情莽撞，看到羅獵咄咄逼人，這第二拳就沒留情面，照著羅獵的拳頭就迎擊過去，心說這拳必然將你打翻在地。

眼看兩人的拳頭就要碰在一起，羅獵卻化拳為掌，貼近楊超的手腕輕輕一帶，身體如同遊魚般從楊超的身邊擦肩而過，楊超這一拳打了個空，被羅獵這一帶，立足不穩，因為慣性而向前衝去，撲通一聲，趴倒在地面上摔了個狗啃泥。

羅獵在他身後氣定神閑道：「振武門的武功實在不怎麼樣。」此話一出頓時激怒了振武門一眾弟子，那些弟子大都是新入門，正是血氣方剛的年紀，聽到羅獵蔑視師門，怒吼道：「大膽狂徒，揍他！」「讓他領教我們振武門的厲害。」

戚誠義趕緊上前滅火：「都給我住手！」

楊超從地上爬了起來，當著一群同門的面被羅獵晃倒在地，真是顏面全無，他哪能咽下這口氣，從兵器架上抓起長棍，向羅獵衝了過去。

戚誠義阻止已經來不及了，眼看著楊超一棍劈向羅獵，羅獵身影一晃，楊超劈了個空，羅獵手中寒光閃爍，一柄小刀已經抵住了楊超的咽喉，羅獵微笑道：「再敢無禮，我一刀戳進去。」

「羅先生刀下留人！」卻是梁再軍趕了過來，他本來不想見羅獵，可沒想到羅獵竟然在練武場公然鬧事，他擔心自己的一幫弟子應付不來，所以才親自趕了過來，事實證明他的擔心不是多餘的。

羅獵呵呵笑道：「不好意思吵醒了梁館主午睡。」

梁再軍也是個老狐狸，他狠狠瞪了戚誠義一眼道：「羅先生來了為什麼不叫我？」戚誠義知道師父是往自己身上推，可身為弟子也不敢說什麼，低頭道：「是我擔心吵了您的午睡。」

梁再軍道：「沒眼色的東西！」罵完之後，他又向羅獵笑道：「羅先生，請進去喝茶！」

羅獵搖了搖頭道：「不去了，我還有事，剛好經過這裡順道進來看看。」

梁再軍故意歎了口氣道：「世道艱難吶，我也只能開武館帶著一幫兄弟勉強維生。」

羅獵道：「你這幫徒弟身手不錯！」說這句話的時候他故意向楊超看了看。

楊超在他手下吃癟，唯有忍氣吞聲。

梁再軍道：「羅先生這些年去了哪裡發財？」

羅獵道：「歐洲！」

梁再軍笑道：「其實我一直都想著為羅先生接風洗塵，只是最近太忙沒抽出時間。」心中默默盤算著羅獵來這裡的目的。

羅獵道：「有心就好。」說完這句話，羅獵抱拳告辭，梁再軍望著羅獵的背影，眉頭不由自主地皺了起來。

楊超從師弟手中接過那兩條魚：「師父，他想搶我的魚！」

梁再軍冷笑了一聲：「真要是那麼簡單才好！」

羅獵此行確定了振武門的確有楊超這個人，證明拾荒者並未說謊，由此基本可以判斷出，當晚是陳昊東殺死了常柴那些人，楊超也是其中的參與者，羅獵並不急於揭開答案。和程玉菲必須倚重證據不同，他將眼前視為了一場戰爭，他的目的是要儘快打贏這場仗。不但要擊敗陳昊東，還要揪出隱藏在暗處的白雲飛。

王兆富還算是有些本事，打著糾察隊大隊長的旗號，很快就將那筆陳年舊賬全都要來了，當然多半是因為聽說羅獵回來了，這位昔日的盜門主搖身一變成為了法租界華探督察長。

法租界巡捕房這幾天的日子不好過，王金民感到了空前的壓力，這壓力來自於羅獵。自從他聽說蒙佩羅答應羅獵成立糾察隊的事情，就意識到自己的權力就快被架空了，蒙佩羅明顯對他不滿。

羅獵在週一的黃昏走進了巡捕房，王金民本來已經準備收拾回家了，可聽說羅獵來了，又不得不放棄這個打算。在他的印象中這還是羅獵第一次以華探督察長的身分來到這裡。

王金民將羅獵請到了辦公室，羅獵反客為主，不等王金民請他坐下就來到本屬於王金民的椅子上坐下，王金民心中雖然不滿，可也不方便說什麼，笑道：「羅督察有什麼指教？」

羅獵道：「王探長，咱們是不是朋友啊？」

王金民笑道：「不敢高攀，您是我的上司，領事先生定下來的。」他說話非常的周全，既點明了羅獵是自己的上司，又告訴羅獵你是蒙佩羅委派的，我根本不服你。

羅獵道：「你不說，我都忘了。」他盯住王金民的眼睛道：「我買下明華日報的事情，你聽說過沒有？」

王金民一聽就知道他來找自己後賬了，那天王兆富帶人堵門，王金民明明知道，可就是不派人過去幫忙，其實就是想看羅獵出洋相，只是他沒想到羅獵那麼大本事，不但輕易就解決了這件事，居然還收服了王兆富為他效力。

王金民當然不能認，他故作驚詫道：「是您買下來的？也不早說。」

羅獵笑道：「我要是早說，那天他們堵門的時候，你就不會視而不見了？」

王金民苦笑道：「督察長，這事兒您可不能怪我，我不知道您買下了明華日報，再者說了當時也沒人報案，巡捕房出警也是有原則的，總不能有個風吹草動我們都要管，當然如果我們知情，肯定不會坐視不理。」

羅獵知道這廝狡詐，今天前來也不是跟他算帳的：「王探長不用解釋，事情已經解決了，現在你也知道明華日報是我的物業，以後那邊再有什麼狀況，你可得第一時間到場。」

「那還用說，誰敢找您的麻煩就是跟我們巡捕房過不去。」

羅獵道：「成立糾察隊的事情，你應該知道了吧？」

王金民點了點頭。

羅獵道：「我最近會招募一些隊員和你們共同維護租界治安，大家都是為了同一個目的，我希望大家彼此間要相互配合，切不可發生相互刁難之事。」

王金民道：「督察長您說了算。」心中暗罵羅獵手伸得太長。

第十章

城門失火 殃及池魚

城門失火殃及池魚，從王金民的個人利益出發，
他是不想法租界再有什麼亂子發生的。
然而他又明白，自己在這裡起不到任何的作用，
就連自己的命運也掌握在其他人的手中。

羅獵道：「那四具屍體查得怎麼樣了？」

王金民道：「已經交由法醫鑑定，只是目前還沒有得到結果。」

羅獵道：「我收到一封秘密舉報信，根據信中所說，死的人應當是過去盜門黃浦分舵舵主常柴。」

王金民笑道：「督察長，舉報人可曾找到？我們辦案是要講究證據的。」

羅獵道：「我當然有證據，對了，當晚參與謀殺的一個人已經被認了出來，你馬上召集人馬跟我去抓人。」

王金民聞言一怔：「嫌犯是什麼人？」

羅獵道：「此事不可聲張！」

王金民道：「督察長儘管放心。」

羅獵笑瞇瞇望著王金民，看得王金民心中一陣發怵，他乾咳了一聲道：「您信不過我？」

羅獵道：「信得過，不過我懷疑這巡捕房裡有內奸。」

王金民道：「督察長，凡事都得有證據啊，如果無憑無據就這麼說，容易讓弟兄們心冷。」

羅獵道：「你帶上幾名兄弟跟我去抓人。」

王金民道：「督察長，我們是巡捕，想要抓人必須要申請拘捕令，按照程序一步步來，不能隨隨便便就去抓人，否則上頭怪罪下來，咱們吃不了兜著走。」

羅獵臉上笑容一斂：「你信不過我啊！」

王金民道：「不敢！我也是為您著想，畢竟督察長剛剛上任，對這裡的狀況還不熟悉。要不這麼著，督察長，您先跟我說，舉報信中所說的嫌犯是誰？」

羅獵道：「你保證不能說出去？」

王金民一臉鄭重道：「您放心，我絕不說出去。」

羅獵壓低聲音神神秘秘道：「陳昊東。」

王金民吃了一驚：「可有證據？」

羅獵點了點頭：「只要抓了他，我就能把他定罪，不過現在我還不便把證據拿出來。」

王金民道：「督察長知不知道，陳昊東是新任黃浦督軍的未來女婿？」

「那又如何？王子犯法與庶民同罪，更何況他還沒有娶督軍的女兒過門。」

王金民道：「督察長，您還慎重，在沒有確切的證據之前千萬不要輕舉妄動，再說了，目前連屍體的身分都沒有確認，您就要抓殺人嫌犯，傳出去我們巡捕房豈不就成了一個大笑話？」

羅獵似乎醒悟過來，倒吸一口冷氣道：「聽你這麼一說，好像也有道理。」

王金民道：「督察長，我看這件事還是押後，等到咱們查明了死者的身分，再拿出足夠的證據，別說是陳昊東，就算是再有身分的主兒，我們也一定秉公執法，絕不徇私。」

王金民總算把羅獵給送走，他離開巡捕房的時候天已經黑了，上了汽車，看了看時間已經誤了飯點，心中又暗罵了羅獵幾句，他讓司機送自己回家，可中途又改了主意。

陳昊東沒想到王金民會突然來訪，他正在吃飯，招呼王金民道：「王探長吃飯了沒有？」

王金民搖了搖頭道：「沒呢！」

陳昊東道：「那就一起吃！」他讓傭人給王金民盛了飯，王金民也沒跟他客氣，來到他的對面坐下，填飽了肚子。陳昊東邀請王金民來到書房，他倒了一杯白蘭地遞給了王金民。

王金民接過酒杯，抿了一口，禁不住咳嗽了兩聲道：「這洋酒我喝不慣。」

陳昊東笑道：「洋酒跟洋妞一樣，適應之後就知道各有各的妙處。」

王金民聽出他在提醒自己，老臉一熱，又用兩聲咳嗽掩飾自己的尷尬。

還好陳昊東並沒有在這個話題上繼續探討，點燃一支煙，喝了口酒道：「王探長匆忙過來有什麼事情？」

王金民道：「下班前羅獵去巡捕房找我。」

陳昊東道：「他這個徒有虛名的督察長難道想要奪權了？」

王金民道：「倒也不是，他跟我探討落水汽車殺人案的案情來著。」

陳昊東心中一動，表面仍然不露聲色，微笑道：「他也懂得破案？」

王金民道：「他應該是個外行，可是程玉菲卻是一個狠角色，辦案能力非常出眾。」

陳昊東道：「他找你幹什麼？」

王金民道：「他說收到了一封舉報信，信中說發現的四具屍體中有一個是常柴，他還說舉報信裡提到了殺死常柴的嫌犯。」

「哦？」陳昊東警惕頓生，他已經猜到王金民來找自己的目的了。

王金民道：「你說荒唐不荒唐，他說是你殺了常柴，還說他掌握了證據。」

陳昊東處變不驚道：「他跟我有仇，整個黃浦誰人不知誰人不曉，現在居然平白無故地污蔑我殺人，真以為當上什麼華探督察長就能一手遮天？」

王金民道：「他還讓我帶人過來抓你，被我給拒絕了。」

陳昊東怒道：「他敢！他有證據嗎？簡直是無法無天，我陳昊東向來遵紀守法，我有錢有地位，為什麼要去殺人？就算真想殺人，我也不會自己親自去做，簡直是污蔑，我要告他！」

王金民道：「我看也是污蔑，不過我今天過來是特地給您提個醒，羅獵這個人可不簡單。就說華探督察長，本來蒙佩羅也就是應付他給他一個虛名，壓根沒有任何的權力，我們巡捕房誰也不會聽他的，他連一個人都指揮不動。可他居然又說服蒙佩羅成立什麼糾察隊，還招募了一批癟三，簡直有要跟我們巡捕房分庭抗禮的意思。」

陳昊東道：「蒙佩羅那個老混蛋不知收了他多少的好處，由著他在租界橫行霸道胡作非為。」

「可不是嘛，要說這個蒙佩羅他還有不到兩個月的任期，否則也不會任由他蠻幹。」

陳昊東道：「蠻幹？你以為他真是蠻幹？他居心叵測，還不是想對付我！」

王金民道：「所以我才趕緊過來提醒您，這個羅獵絕不是一個省油的燈。」

陳昊東冷哼一聲道：「我倒要看看他還能囂張到什麼時候！」陰冷的殺機已

經流露出來。

王金民也感受到了這股凜冽的殺機，暗自打了個哆嗦，心中暗忖，難道陳昊東已決定要對羅獵下手？想起剛死了劉探長就引起法租界的一場軒然大波，至今仍未破案，如果羅獵這位新任華探督察長也死了，自己只怕也要捲舖蓋走人了。

城門失火殃及池魚，從王金民的個人利益出發，他是不想法租界再有什麼亂子發生的。然而他又明白，自己在這裡起不到任何的作用，就連自己的命運也掌握在其他人的手中。

劉洪根向羅獵稟報了王金民的去向，羅獵現在就是在引蛇出洞，這幾天一連串的出擊就是要讓陳昊東之流感到危機感，只要陳昊東耐不住性子主動出手，那麼就會露出更多的破綻。

聽完劉洪根的稟報，羅獵道：「果然不出我所料，王金民和陳昊東私下勾結。」

劉洪根道：「您什麼時候懷疑他的？」

羅獵道：「常柴被殺的當晚有人聽到槍聲報警，可巡捕房並未受理，這是程玉菲發現的。」

劉洪根道：「警匪一家啊！」

羅獵笑了起來：「陳昊東這些年的確長了些本事，懂得去利用方方面面的關係，還找了一位督軍當岳父。」

劉洪根道：「您覺得他會不會聽您的話乖乖離開黃浦？」

羅獵搖了搖頭道：「陳昊東這個人非常自負，我能夠看出，他認為現在已經擁有了和我們抗衡的能力，他想要奪回盜門。」

劉洪根歎了口氣道：「都怪我們沒用，辜負了您的期望。」現在他和葛立德不得不背井離鄉，離開滿洲，盜門滿洲分舵比起過去低調許多。至於黃浦分舵更是名存實亡，羅獵失蹤的這些年，黃浦分舵人才日漸凋零，一部分人自謀生路，一部分人又投奔了梁再軍。

羅獵道：「這次我不會給他機會。」

劉洪根知道羅獵口中的他指的是陳昊東。

梁再軍本以為羅獵來振武門是為了尋自己的晦氣，他提醒手下弟子要小心一些，畢竟羅獵現在是法租界華探督察長，可同時他也認為自己的振武門開在公共租界，羅獵的手再長也不會把事情做得太過，為了這件事，他特地去拜訪了公共租界的華探總長于廣龍。

于廣龍早在幾年前就和羅獵打過交道，當時張凌空作為張家利益的代理人，試圖在黃浦開疆拓土，最終還是鎩羽而歸，北滿軍閥張同武遇刺之後，他留在黃浦的產業就被張凌空甩手賣給了羅獵。

在幾年前的交易中羅獵占了一個大便宜，張凌空在得到那筆不菲的財富之後，並沒有將這筆錢如數上繳給張同武的合法繼承人張凌峰，而是捲錢逃亡海外，至今不知所蹤。

張凌峰因此對張凌空下了追殺令，還專門來了一趟黃浦。于廣龍曾經是張同武的副官，如果不是張同武的提攜他也沒有今日之地位，自然為張凌峰盡心盡力，可他很快就發現，這位相貌英俊的少帥是個金玉其外敗絮其中的樣子貨，他老子活著的時候，稱霸北滿和徐北山一時瑜亮，相互抗衡，更重要的是，日本人的勢力始終無法滲入北滿。

而在張同武死後，張凌峰屢出昏招，非但沒能把他老子留下的江山守好，反而和日本人打得一片火熱。要知道張同武生前最恨日本人，有傳言張同武當年遇刺就是日本特務所為。

于廣龍的侄子于衛國當年被殺，一度將羅獵列為最大嫌疑人，雖然事後洗清了嫌疑，可是于廣龍對羅獵仍然沒有什麼好感。羅獵成為法租界的華探督察長按理說于廣龍應當登門道賀，可于廣龍連這最基本的禮儀都沒有顧及。

聽梁再軍說羅獵前往振武門鬧事的事情，于廣龍不由得皺起了眉頭：「梁館主，你們開武館的被人踢館，應該以你們自己的規矩解決，只要不出人命，好像用不著我們插手吧？」

梁再軍道：「我來找探長並不是要讓您為我們出頭，只是覺得此事蹊蹺，羅獵的手伸得也太長了，他的轄區在法租界，憑什麼來到我們公共租界鬧事？這裡可是您的管轄範圍，他這麼做根本是不給您面子。」

于廣龍聽出他話中的挑唆意思，雖然他不喜歡羅獵，可也不會中了梁再軍的圈套，他對陳昊東和羅獵之間的矛盾早已知曉，淡淡笑了笑道：「如果我沒記錯，羅獵是盜門門主吧？」

梁再軍道：「他在三年前就已經主動辭去了門主之位，由他老婆葉青虹接替，此人任人唯親，壞了我們祖師爺的規矩，我們盜門向來是傳男不傳女，他根本是把盜門當成了夫妻店。」

于廣龍道：「恕我直言，盜門如今也只剩下了一個空殼子。」

梁再軍感歎道：「數千年的基業壞在了他的手裡。」

于廣龍對此不以為然，盜門的內部恩怨跟自己無關，他只希望公共租界不要鬧出亂子，同時也告訴梁再軍，只要羅獵敢在公共租界鬧事，他不會坐視不理。

梁再軍意識到于廣龍沒有替自己出頭的意思，再留下也沒多大的意義，於是向他告辭。

梁再軍總覺得這件事不會就此完結，只是他沒有想到一切來得這麼快，還沒有回到振武門，就看到大徒弟戚誠義急火火地尋了過來，梁再軍一看他的表情就意識到可能有事情發生。

戚誠義來到他的面前叫了聲師父，然後壓低聲音道：「楊超被抓了。」

梁再軍心中一驚，他剛剛才從巡捕房出來，于廣龍抓了楊超怎麼沒跟自己打招呼？轉念一想可能性不大，自己平日裡沒少打點，于廣龍應該不會這麼不給面子：「什麼人抓走了他？」

戚誠義喘了口氣，這才將事情的來龍去脈說了一遍，原來楊超並非在公共租界被抓，而是在法租界被糾察隊抓了，目前不知犯了什麼事情？

梁再軍暗自惱火，糾察隊是羅獵組建的，他前腳來振武門鬧事，後腳就把楊超給抓了起來，根本是蓄謀已久。

戚誠義道：「師父，怎麼辦啊？」

梁再軍想了想，這件事還得讓于廣龍出面，畢竟目前不知道楊超到底犯了什麼事情，如果他當真犯法，羅獵抓他也算是師出有名，梁再軍叮囑戚誠義道：「你回去告訴你的師弟們，都給我控制住情緒，千萬不可輕舉妄動。」

「是！」

「還有，最近都給我老實點，儘量避免去法租界。」

楊超被關進了法租界巡捕房，羅獵將這個包袱直接丟給了王金民，沒有他的允許，如果誰放了此人就是跟自己作對，他必然會追責到底。王金民只能讓人加強看守，詢問楊超的罪名，據說是涉嫌襲擊華探督察長羅獵。

楊超自從被關之後也是暴躁不已，大聲叫罵，委屈不已，只說羅獵誣陷他。

楊超被關不久，公共租界的華探總長于廣龍前來拜訪，王金民和于廣龍關係不錯，聽說後趕緊出門相迎，兩人來到辦公室內坐下，王金民道：「廣龍兄為何事前來？」其實他已經猜到于廣龍的到來很可能和楊超被捕一事有關。

于廣龍道：「也沒什麼重要的事情，就是受了振武門梁館主的委託詢問一下他徒弟楊超的下落。」

王金民點了點頭道：「目前楊超的確是被關押在我們巡捕房，不過人不是我抓的，也和巡捕房無關。」他苦笑道：「是新成立的糾察隊把人抓了，奉了我們新人華探督察長的命令。」

于廣龍道：「糾察隊什麼時候把巡捕的工作給代勞了？」

王金民道：「領事同意的，您是不知道，現在的法租界搞得是亂七八糟。」

于廣龍道：「楊超犯了什麼罪？」

王金民道：「我只是聽說他意圖襲擊華探督察長。」

于廣龍呵呵笑了一聲道：「有證人嗎？」

王金民點了點頭道：「證人不少，不過都是糾察隊的人。」

于廣龍道：「欲加之罪何患無辭，我說老弟啊，這巡捕房的當家是你，你可不能讓那個什麼華探督察長為所欲為啊！」

王金民道：「他算什麼？華探督察長？根本就是個笑話，如果不是蒙佩羅為他撐腰，我才不搭理他。」

于廣龍心想你跟沒說一樣，說到底還不是忌憚羅獵。他笑道：「如果楊超的事情查無實據，還是儘早把他放了，你是知道的，振武門的勢力可不小，他們要是鬧起來也很麻煩。」

王金民道：「不瞞您說，我和振武門的梁館主也有些交情，可這件事有些難辦，羅獵放話出來，誰要是私自把楊超給放了就是不給他面子，他一定會追究到底，我這心裡雖然看不起他，可礙著領事的面子，我總不好公然跟他翻臉，您說是不是？」

于廣龍知道他是個不敢擔事的主兒，繼續跟他廢話也沒什麼用處，點了點頭道：「知道你的難處。」

王金民道：「廣龍兄，其實這事兒陳昊東不會坐視不理。」

于廣龍道：「陳昊東？只怕羅獵未必給他這個面子吧。」

王金民道：「羅獵不給他面子，未必不給督軍面子。」

「你是說蔣督軍？」

王金民點了點頭道：「陳昊東和蔣督軍的女兒蔣雲袖已經訂了婚。」

于廣龍當然聽說過這件事，王金民提起這事兒也是為了自己好，他的意思是自己沒必要出面，于廣龍道：「我還以為羅獵已經死了。」

王金民道：「失蹤了好幾年，聽說去了歐洲。」

于廣龍道：「我真是想不通，像他這樣的有錢人何必來黃浦蹚這趟渾水。」

王金民道：「我也想不通，可人家非得要來找麻煩，可能還是為了盜門的利益吧。」在他看來羅獵之所以回到黃浦是為了和陳昊東爭奪盜門的權力。

于廣龍道：「總覺得沒那麼簡單，蒙佩羅的任期好像沒多久了吧？」

王金民點了點頭道：「還有不到兩個月。」

于廣龍道：「你等著看吧，這兩個月還不知要鬧出怎樣的事情。」

王金民聽他這麼說不由得愁上心頭，畢竟自己才是法租界巡捕房的負責人，真要是鬧出了什麼麻煩事，首當其衝要負責的那個人就是自己。是福不是禍，是禍躲不過，自己唯有小心應對了。

于廣龍道：「我想見見楊超。」

王金民答應了他的要求，雖然礙於羅獵的壓力不好將楊超釋放，可安排于廣龍和他見面並不是什麼難事。

楊超看到于廣龍來見自己，頓時明白一定是師父動用了關係，他驚喜道：「于探長，您是來帶我出去的？」

于廣龍皺了皺眉頭，梁再軍的手下都是一幫莽夫，如果不是因為他平日裡拿了梁再軍的不少好處，他才不會屈尊來見這傢伙，于廣龍道：「我來這裡辦事，順便過來看看你，楊超，你老實交代，到底做了什麼事情得罪了羅獵？」

楊超恨得咬牙切齒：「于探長，我能做什麼事情？我只是來法租界吃飯，是那幫糾察隊的過來挑釁，我氣不過跟他們爭執起來，他們仗著人多把我給打了，還抓到巡捕房誣陷我意圖暗殺姓羅的，于探長，我冤枉啊！」

于廣龍道：「這事兒可大可小，你也不用害怕，反正他們也沒什麼真憑實據，就算一口咬定你有謀害羅獵的目的，可你並未造成任何的後果，所以你一定要冷靜，你師父也在想辦法，他讓我給你帶個話，讓你儘量不要亂開口，千萬別上了有心人的當。」

楊超點了點頭道：「于探長，您幫我轉告師父，我一定不會亂說話，我心中明白得很。」

于廣龍交代之後也沒有繼續逗留的意思，起身離去，楊超道：「于探長，麻煩您給我師父帶個話，讓他早點把我保出去。」

梁再軍此時正在陳昊東的家裡，徒弟被抓他也非常著急，到處找人想辦法，在他看來，羅獵之所以抓人主要是針對陳昊東，他是要通過這件事給陳昊東為首的陣營一個下馬威。

陳昊東道：「新官上任三把火，他還真把自己當成一回事了。」羅獵先是在明華日報上刊載關於他的桃色新聞，搞得他和未婚妻蔣雲袖之間生出芥蒂，現在又對梁再軍的振武門下手，下面還不知道要折騰出什麼事情。

梁再軍道：「陳先生，羅獵做事實在是太過分了，他仗著什麼華探督察長的虛名，組建所謂的糾察隊，在法租界橫行霸道，胡亂抓人，簡直是無法無天。」

陳昊東道：「法租界的法就是蒙佩羅，羅獵之所以那麼囂張，還不是因為這洋鬼子給他當靠山？」

梁再軍苦著臉道：「現在我徒弟楊超被他給抓了進去，污蔑楊超要刺殺他，您得幫我想想辦法，振武門都被人欺負到門口了。」

陳昊東道：「振武門在公共租界，他羅獵憑什麼去公共租界抓人？」

梁再軍道：「楊超是在法租界被抓的。」

陳昊東道：「這事兒你不用著急，楊超雖然被抓，可是羅獵也沒什麼確實的證據，你徒弟最多吃點苦頭。」

梁再軍道：「話雖然這麼說，可我擔心羅獵不會就此消停，他肯定還得有別的手段。」

陳昊東道：「你的意思是……」

梁再軍道：「與其坐以待斃，不如放手一搏。」

陳昊東對他的這句話有些反感，什麼叫坐以待斃？

此時陳昊東的一名手下走過來，他將一封信遞給了陳昊東，卻是外面有人送了封匿名信過來，陳昊東道：「什麼人？」

那名手下搖了搖頭。

陳昊東正要拆開那封信，梁再軍提醒他道：「小心有詐！」

陳昊東猶豫了一下，對著陽光看了看信封裡面，確信並無異常，這才將信封放在茶几上，小心用裁紙刀拆開，裡面有一頁信紙，陳昊東展開一看，臉色頓時沉了下去。

梁再軍從他的神情就猜到有事情發生，正想詢問，陳昊東將那封信遞給了他，梁再軍接過來一看，不由得也變了臉色，信中的內容竟然是關於常柴死亡一事的，信中提醒，羅獵之所以抓楊超，醉翁之意不在酒，真正的用意卻是想通過楊超查出常柴被殺一案。

梁再軍倒吸了一口冷氣：「這封信是誰送來的？」

陳昊東搖了搖頭，臉色變得異常難看，當晚楊超的確參與了劫殺常柴的行動，只是他們當晚做得非常隱秘，沒想到會有人被認出來。

梁再軍道：「這封信可能有詐。」

陳昊東道：「有詐？我看未必！」他已經生出疑心，羅獵不是普通人物，從一開始他就認為羅獵不可能平白無故地將楊超抓起，現在越想越是擔心。

梁再軍道：「您放心，我已經傳話給他，就算羅獵居心叵測，楊超也不會吐露半個字。」看到陳昊東毫無標示，他又補充道：「我這個徒弟骨頭硬得很！」

陳昊東冷冷望著梁再軍，他的目光讓梁再軍禁不住打了個冷顫，梁再軍意識到自己刻意強調的這番話根本沒有獲得他的認同。

陳昊東道：「此事若是處理不好，後患無窮。」

梁再軍知道陳昊東已經起了殺人滅口的心思，他一向喜歡這個徒弟，殺掉楊超他於心不忍，梁再軍道：「陳先生，此事還需從長計議。」

陳昊東道：「你不怕夜長夢多？真出了什麼紕漏你來擔責？」

梁再軍咬了咬嘴唇，面露猶豫之色。

陳昊東道：「我給你一天，如果一天之內無法解決此事，我會替你解決。」

梁再軍道：「陳先生，楊超是我的徒弟，我對他絕對信得過。」

陳昊東道：「什麼意思？」

梁再軍道：「而今之計唯有儘快將他從巡捕房解救出來才能確保萬無一失，我有個不情之請，還望陳先生請督軍出面……」

陳昊東怒視梁再軍，為了他的一個徒弟居然要讓自己去求未來的岳父，這廝當自己是什麼？可轉念一想梁再軍應該是對楊超有很深的感情，否則他不會提出這種非分的要求。在黃浦梁再軍無疑是自己最忠實的追隨者，如果自己拒絕了他的要求，勢必會讓他寒心，這件事必須要謹慎處理，如果處理不好，說不定會引起人心背離。

陳昊東閉上雙目想了一會兒道：「我馬上去找督軍，如果此事仍然無法解決……」他故意停頓了一下。

梁再軍道：「如果真的無法解決，我保證此事不會給您造成任何的麻煩。」他已經下定決心，如果陳昊東出面找督軍仍然無法救出楊超，在逼不得已的狀況下自己只能忍痛選擇棄卒保帥。

程玉菲基本上理清了常柴被殺的脈絡，也認定了重點嫌疑人，程玉菲做事有她的原則，在沒有絕對證據的前提下，是不可能動手抓人的，然而羅獵卻不同，聽說羅獵已經將嫌犯楊超抓起，程玉菲真是有些哭笑不得了，歎了口氣道：「現在還沒有確實的證據，你把楊超抓起來非但對案情無益，反而會打草驚蛇。」

羅獵微笑道：「沒錯，我就是要打草驚蛇，我不但把楊超抓了起來，還將他參與謀殺常柴的事情透露給陳昊東。」

程玉菲聞言，一雙美眸瞪得滾圓道：「你瘋了？怎麼可以將這麼重要的資訊透露給他？」

羅獵笑而不語。

程玉菲很快從他的笑容中意識到了什麼，羅獵的最終目的不是破案，他所在的角度和自己完全不同，從自己的職業出發，羅獵的這種做法無疑是不合法的，甚至有些不擇手段，可是程玉菲很快又想到當初自己的入獄，不就是被人以莫須有的罪名抓了進去，如果不是葉青虹的努力，恐怕自己已經遭遇了不測。

在而今的社會，自己想要的正義實在是太理想化了，在這樣的環境下幾乎不可能實現，程玉菲因此感到失落和悲哀，她輕聲歎了口氣道：「我忽然感覺到自己很沒用，明明看到了答案，可就是無能為力。」

羅獵安慰她道：「你已經做得很好，不是你的能力有問題，也不是我的方法有問題，而是這個社會，這個法律本身就存在著極大的漏洞，想要解決這些事必須從制度本身。」

程玉菲道：「我沒什麼宏圖大志，只想做好分內的事情，可現在才發現，自己連這麼簡單的事情都做不好。」

羅獵道：「你對我的幫助很大，如果沒有你幫忙，我到現在還是盲人摸象，找不到問題的關鍵所在。」

程玉菲道：「你不用安慰我，就算沒有我幫助你，你一樣會解決這件事，你看問題的高度和普通人不同，你簡直就不是人！」

羅獵哈哈笑了起來，程玉菲的這句話可不像是在誇讚自己。

程玉菲說完這番話，心頭也感到舒服了一些，此時她桌上的電話響了起來，程玉菲拿起電話，聽到對方的聲音之後，驚喜地抬起頭來：「麻雀回來了！」

羅獵和麻雀在滿洲分手之後，麻雀去了北平，她也說過遲些時間會返回黃浦，所以羅獵也沒有感到太多的驚奇。

程玉菲說了幾句，放下電話道：「不單是她，張長弓也來黃浦了。」

這倒是出乎羅獵意料之外的消息，張長弓居然也回來了，在滿洲分別之後，張長弓返回了東山島，畢竟海連天的病情還不穩定，身為女婿的他需要回去照顧，可羅獵沒想到他這麼快就回來。

羅獵心底是希望張長弓回來的，現在正是用人之時，張長弓的到來必然可以讓自己如虎添翼。

程玉菲道：「走吧，麻雀在虞浦碼頭旁的魚館訂好位子，中午一起吃飯。」

羅獵笑道：「他們遠道而來，應當我來接風洗塵。」

程玉菲笑道：「人家可沒結帳的意思，選擇那裡就是讓你去結帳。」

羅獵忍不住笑了起來。

張長弓這次不是一個人過來的，和他同來的還有邵威，邵威和羅獵也有多年不見，兩人一直彼此欣賞，重逢之後倍感親切，羅獵道：「今天誰都不要跟我爭，這頓飯必須我來請。」

麻雀笑道：「我們誰也不會跟你爭，你現在是法租界的華探督察長，升官發財名利雙收，當然你要請！」

邵威道：「羅老弟升遷可喜可賀。」

羅獵道：「我這個官就是個虛名，不作數，不作數！」

張長弓笑道：「你一向最喜歡自由的，怎麼突然轉了性當起了官？」羅獵過去就不止一次在他面前說過對仕途沒有任何的興趣，所以張長弓才會有此一問。

羅獵這次居然沒有說實話：「人活一輩子總得做不同的嘗試。」

程玉菲這段時間都在黃浦，她對羅獵的真正用意最為瞭解，所以羅獵說這話的時候，意味深長地看了他一眼。

麻雀揭穿羅獵道：「你之所以當官，是為了讓陳昊東不自在吧？」

羅獵道：「都說了，這不是什麼官，虛名罷了，再者說，一個華探督察長和黃浦督軍可無法相提並論吧？」

「你還想當督軍？」麻雀目瞪口呆道。

眾人都笑了起來，張長弓道：「當官可不自在。」

羅獵端起酒杯道：「來，咱們久別重逢，大家一起乾了這一杯。」

張長弓率先回應，眾人同乾了這杯酒，聊著過去情誼的時候，那店老闆走了進來，神情慌張道：「羅先生，虞浦碼頭那邊出事了，您趕緊去看看吧。」

羅獵聞言一怔，虞浦碼頭是他的物業，距離這裡不遠，其實自從他前往西海之後，葉青虹已將黃浦的多半產業轉讓賣出，虞浦碼頭是保留下來不多的一座。

這虞浦碼頭對羅獵而言還有一層特別的意義，紫府玉匣就是在碼頭下找到的。羅獵此番能夠回來多虧了紫府玉匣，而他回來後身體處於調養階段，並未嘗試進入水下洞窟一探究竟。虞浦碼頭位於公共租界，並非羅獵目前的勢力範圍。

羅獵幾人一起來到虞浦碼頭，看到碼頭的大門外停了好幾輛警車，近百名荷槍實彈的巡捕已經進入了碼頭。

羅獵看到帶隊的人是公共租界巡捕房負責人于廣龍，心中已經明白了七八分，這于廣龍是故意找碴來了。

張長弓向羅獵道：「不用擔心，虞浦碼頭目前是在你姐夫董治軍的名下，發生任何事都牽扯不到你。」羅獵不在黃浦的時候，葉青虹將僅剩的幾大產業也做出了安排，現在看來她倒是有先見之明。

羅獵低聲向張長弓道：「張大哥，你對裡面的情況熟悉，你從其他地方繞進去，看看他們在計畫什麼，如果來得及，在他們實施陰謀之前將此事解決。」張長弓點了點頭，轉身去了。

羅獵找到了正在指揮搜查的于廣龍，于廣龍正在向手下人部署著，不過他很快就看到了羅獵。

羅獵主動走向了于廣龍，面對羅獵充滿質詢的目光，于廣龍內心感到有些慌張，不過他畢竟久經風浪，很快就穩定了下來，笑著招呼道：「我當是誰？原來是羅先生，您來得正好。」

羅獵道：「于探長興師動眾來到這裡，不知虞浦碼頭犯了什麼事情？要勞動您的大駕？」他不慌不忙，不卑不亢。

于廣龍道：「剛剛接到舉報，虞浦碼頭有人販運煙土走私武器。」

羅獵哈哈大笑起來：「于探長，這兩樣可都是重罪。」

于廣龍道：「我倒忘了，羅先生現在是法租界華探督察長，法律上的事情不用我跟你解釋了。」

羅獵臉上的笑容卻突然一斂道：「誣陷也是重罪！」

于廣龍笑道：「那是當然，若無可靠的情報我也不會率隊前來，對了，這是搜查令，羅先生要不要檢查一下？」他將搜查令遞給了羅獵。

羅獵道：「不用看，搜查也是好事，您帶了那麼多人如果不找出點什麼豈不是白費了那麼多的警力。」

于廣龍笑道：「羅先生是個識大體的人。」

羅獵道：「可惜這世界上不是每個人都識大體，原本和和氣氣的事情非得鬧得不愉快，于探長，你我是老朋友，這虞浦碼頭是誰的你心知肚明，今天這件事咱們可不能這麼算了。」

于廣龍點了點頭道：「羅先生放心，我一定會秉公執法。」

羅獵道：「真有問題，你必須得這麼做，可要是沒有問題呢？」

于廣龍道：「我也希望能夠幫助你證明清白。」

遠處突然傳來兩聲槍響，隨後傳來幾聲慘呼。于廣龍臉色一變，慌忙指揮巡捕向事發地點趕去。

請續看《替天行盜》第二輯卷九 喪屍再現

替天行盜 II 卷8 血脈相連

作者：石章魚
發行人：陳曉林
出版所：風雲時代出版股份有限公司
地址：10576台北市民生東路五段178號7樓之3
電話：(02) 2756-0949
傳真：(02) 2765-3799
執行主編：劉宇青
美術設計：許惠芳
行銷企劃：林安莉
業務總監：張瑋鳳

初版日期：2022年6月
版權授權：閱文集團
ISBN ：978-626-7025-63-5
風雲書網：http://www.eastbooks.com.tw
官方部落格：http://eastbooks.pixnet.net/blog
Facebook：http://www.facebook.com/h7560949
E-mail：h7560949@ms15.hinet.net
劃撥帳號：12043291
戶名：風雲時代出版股份有限公司

風雲發行所：33373桃園市龜山區公西村2鄰復興街304巷96號
電話：(03) 318-1378
傳真：(03) 318-1378
法律顧問：永然法律事務所 李永然律師
北辰著作權事務所 蕭雄淋律師

行政院新聞局局版台業字第3595號 營利事業統一編號22759935

國家圖書館出版品預行編目資料

替天行盜 第二輯 ／石章魚 著. -- 臺北市：風雲時代出版股份有限公司，2022.02- 冊；公分

ISBN 978-626-7025-63-5（第8冊；平裝）

857.7 110022741